Das Inoffizielle Fanbuch
zu Harry Potter

Wer bist du, Fremder?

Name: _____

Magisches Haustier: _____

Lieblingszauberspruch: _____

Zauberstab: _____

Größte Stärke: _____

INHALT

Die Zauberwelt

Steckt Magie in dir?	4
Der Zauberlehrling	6
Fang den Schnatz!	8
Der ultimative Besen	10
Du bist in der Mannschaft!	11
Das Match	12
Magie zum Naschen	14
Einhornhaar, Phönixfeder und Drachenherzfaser	16
Wissen ist Magie	18
Eulenpost	20

Das Schloss

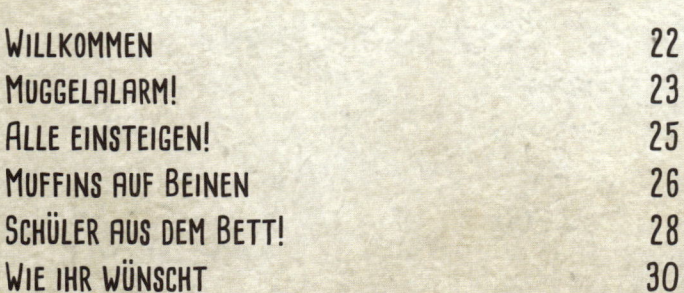

Willkommen	22
Muggelalarm!	23
Alle einsteigen!	25
Muffins auf Beinen	26
Schüler aus dem Bett!	28
Wie ihr wünscht	30

Bist du bereit?

Die Schulfächer

Dein Unterricht!	31
Deine Stärke	33
Wahrsagen	34
Zaubertränke	35
Verwandlung	36
Kräuterkunde	38
Verteidigung gegen die dunklen Künste	39
Zauberkunst	40
Pflege magischer Geschöpfe	42
Alte Runen	44
Zauber des Alltags	45
Polternde Post	47

Mysteriums-Abteilung

Magische Geschöpfe	55
Durch den verbotenen Wald	56
Zauber mit Stift und Papier	58
Dein magischer Zoo	60
Die magische Fauna	63
Lehrer, wechsle dich!	64
Metamorphose im Kessel	66
Liste der verbotenen Gegenstände	68
Wasser, Wein und Zaubertrank	70
Da bewegt sich was!	71
Der finale Magie-Test	72
Der Sternfahrt-Zauber	74
Das Finale	76
Lösungen	78

Die Häuser

Zwischen Naht und Krempe	48
Das Hausspiel	50
Eine zauberhafte Dekoration	53

STECKT MAGIE IN DIR?

Willkommen in der Zauberwelt! Bevor die Reise losgeht, muss ein jeder herausfinden, ob er überhaupt ein richtiger Zauberer oder eine richtige Hexe ist. Bist du soweit? Dann halte deine Zauberstabhand bereit! Lies die Fragen und folge den Pfeilen mit deiner Antwort.

Start

- Glaubst du, dass du eine Hexe/ein Zauberer bist?
  - **Ja** → Kennst du Hogwarts?
    - **Ja** → ...
    - **Nein** → Kennst du Harry Potter?
  - **Nein** → Passieren in deiner Gegenwart oft merkwürdige Dinge?
    - **Ja** → Kennst du Harry Potter?
    - **Nein** → Ist Magie Unsinn?

- Kennst du Harry Potter?
  - **Ja** → Passieren in deiner Gegenwart oft merkwürdige Dinge?
  - **Nein** → Würdest du gerne zaubern können?
  - **Schon mal gehört.** → Würdest du gerne zaubern können?

- Ist Magie Unsinn?
  - **Nein** → Passieren in deiner Gegenwart oft merkwürdige Dinge?
  - **Ja** → Weißt du, was ein Muggel ist?

- Würdest du gerne zaubern können?
  - **Nein** → Du bist ein Muggel und hast mit Zauberei nichts am Hut. Sorry!

4

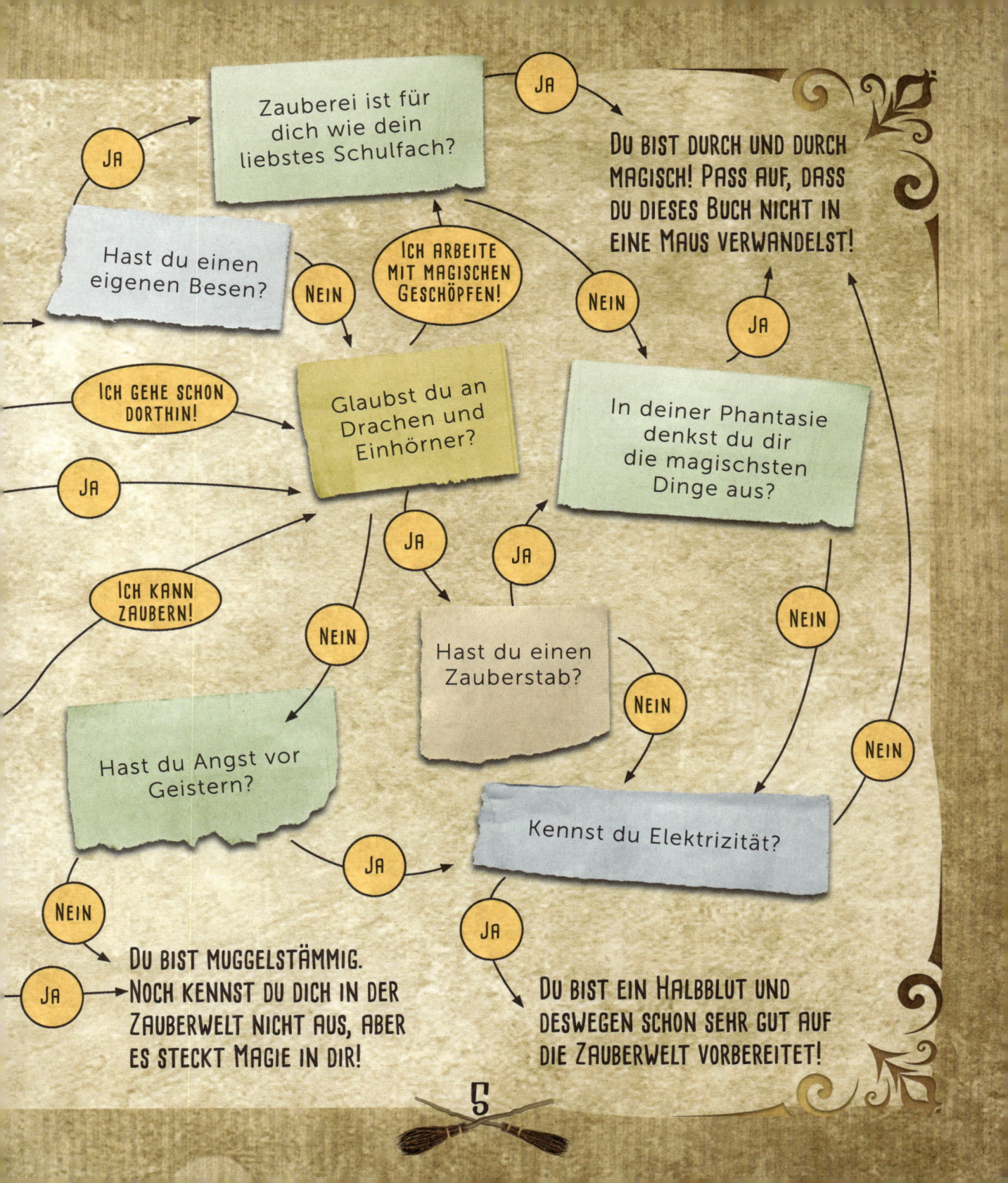

Zauberei ist für dich wie dein liebstes Schulfach? — JA → **Du bist durch und durch magisch! Pass auf, dass du dieses Buch nicht in eine Maus verwandelst!**

Hast du einen eigenen Besen? — JA → Zauberei ist für dich wie dein liebstes Schulfach?

Ich arbeite mit magischen Geschöpfen! → Zauberei ist für dich wie dein liebstes Schulfach?

Zauberei ist für dich wie dein liebstes Schulfach? — NEIN → **Glaubst du an Drachen und Einhörner?**

Hast du einen eigenen Besen? — NEIN → **In deiner Phantasie denkst du dir die magischsten Dinge aus?**

In deiner Phantasie denkst du dir die magischsten Dinge aus? — JA → Du bist durch und durch magisch!

Ich gehe schon dorthin! → Glaubst du an Drachen und Einhörner?

Ich kann zaubern! → Glaubst du an Drachen und Einhörner?

JA → Glaubst du an Drachen und Einhörner?

Glaubst du an Drachen und Einhörner? — JA → **Hast du einen Zauberstab?**

Glaubst du an Drachen und Einhörner? — NEIN → **Hast du Angst vor Geistern?**

Hast du einen Zauberstab? — JA → In deiner Phantasie denkst du dir die magischsten Dinge aus?

Hast du einen Zauberstab? — NEIN → **Kennst du Elektrizität?**

In deiner Phantasie denkst du dir die magischsten Dinge aus? — NEIN → Kennst du Elektrizität?

Hast du Angst vor Geistern? — JA → Kennst du Elektrizität?

Hast du Angst vor Geistern? — NEIN → JA → **Du bist muggelstämmig. Noch kennst du dich in der Zauberwelt nicht aus, aber es steckt Magie in dir!**

Kennst du Elektrizität? — JA → **Du bist ein Halbblut und deswegen schon sehr gut auf die Zauberwelt vorbereitet!**

Kennst du Elektrizität? — NEIN → Du bist durch und durch magisch!

5

DER ZAUBERLEHRLING

Einen Zauber zu vollbringen ist gar nicht so schwierig. Lass uns üben und diesen Magier hier zum Leben erwecken!

Schritt 1: Konzentriere dich und sammle alle magische Energie, die in dir steckt.

Schritt 2: Nimm deine zauberhaftesten Stifte und male das Bild bunt an.

Schritt 3: (Hier ist ein wenig Muggelarbeit vonnöten) Begib dich mit deinem Smartphone oder Tablet in den App Store oder zu Google Play und lade die kostenlose MagicDadoo-App herunter.

Schritt 4: Starte die App und wähle das Bild mit dem Einhorn aus.

Schritt 5: Scanne das ausgemalte Bild des Magiers. Der Zauber gelingt am besten, wenn das ganze ausgemalte Bild auf dem Bildschirm zu sehen ist und das Gerät möglichst gerade gehalten wird.

Schritt 6: Tadaa! Der Zauberer erwacht zum Leben.

Schritt 7: Halte dein Gerät woanders hin und tippe auf den MagicDadoo-Button. Der Zauberer appariert an der neuen Stelle. Mit dem Kamera-Button kannst du ein Foto machen.

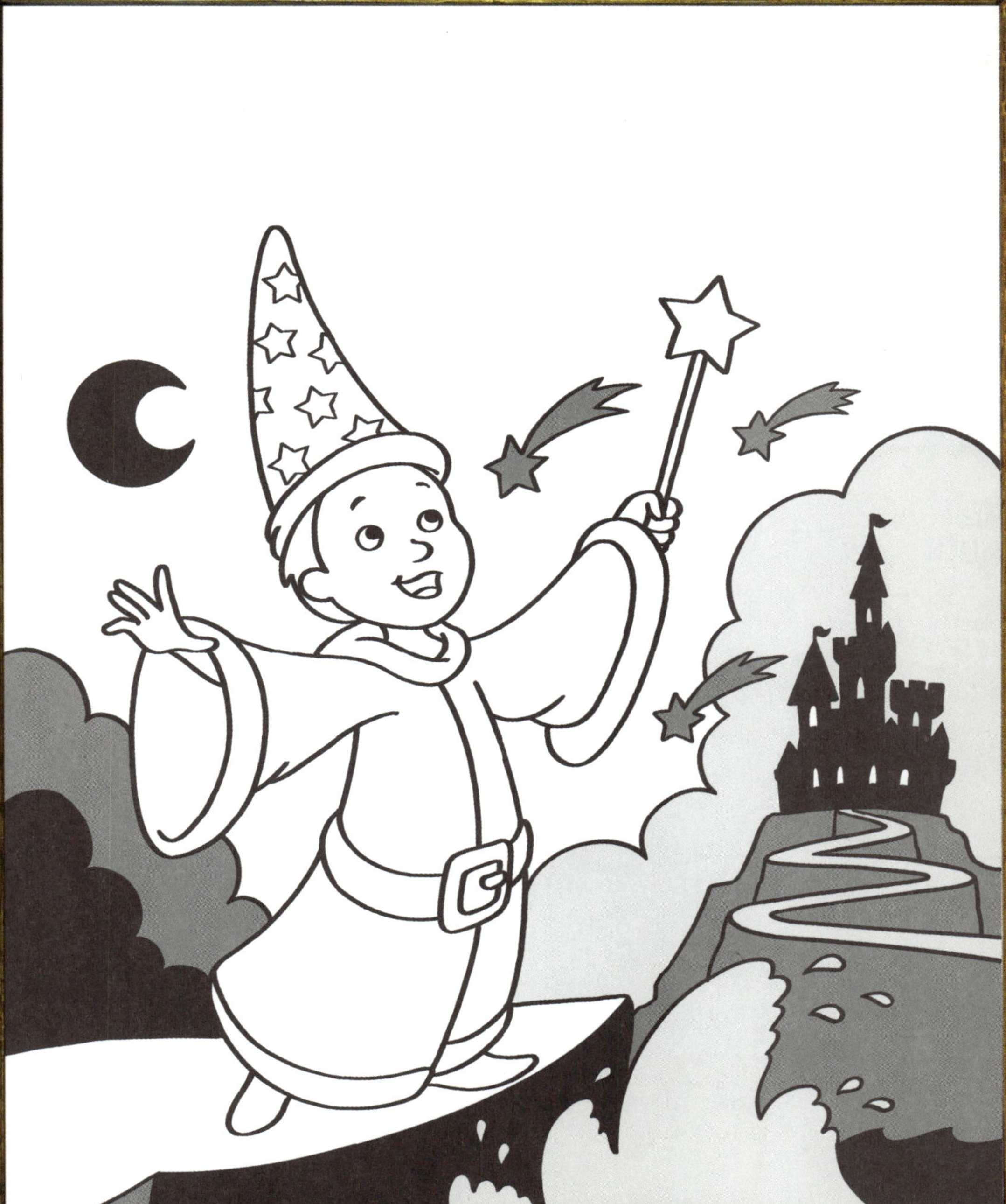

FANG DEN SCHNATZ!

Wuuuusch! Vorsicht, ein Klatscher! Quidditch ist ein gefährlicher Sport. Hoch oben auf fliegenden Besen mit vier Bällen und sechs Torringen! Wie behält man da den Überblick? Am besten konzentrieren wir uns auf den kleinsten der Bälle: den goldenen Schnatz. Dazu muss er erst einmal hergestellt werden. So geht's:

Magische Utensilien

- 1 walnussgroße Styroporkugel
- goldene Sprühfarbe
- 2 Zahnstocher
- weißes Bastelpapier
- Schere
- Klebstoff
- Bleistift

1. Verwandele das Styropor in glänzendes Gold: Sprühe die Kugel mit der goldenen Farbe an und lass sie gut trocknen. Verzaubere die Kugel so oft, bis keine weißen Flächen mehr zu sehen sind.

2. Mit einem Bleistift zauberst du die Flügel auf das weiße Papier. Beachte dabei, den Flügel an der geraden Seite zu spiegeln, sodass beide Hälften anschließend aufeinander passen.
Mit etwas Trollpopel oder Flüssigkleber befestigst du nun auf jedem Flügel in der Mitte einen Zahnstocher.
Achte darauf, dass die spitze Seite aus dem Flügel herausragt.

3. Knicke die Flügel in der Verlängerung des Zahnstochers. Wende einen Klebezauber an und hefte die Flügel damit jeweils in der Mitte zusammen. Schneide dann mit einer Hippogreifklaue oder einer Schere viele Ritze in die untere Seite des Flügels, die bis zur Hälfte reichen. So sehen sie aus wie Federn. Die fertigen Flügel zauberst du mit den Zahnstochern links und rechts in die Kugel.

ACCIO SCHNATZ!

Da ist er auch schon. Wenn das im Quidditch-Match nur auch so einfach ginge …

Der Ultimative Besen

Ein Quidditch-Spiel endet erst, wenn der Schnatz gefangen ist – und das kann ewig dauern! Peppe deinen Besen für diese lange Zeit auf, zum Beispiel mit einem Getränkehalter. Oder möchtest du schneller fliegen als alle anderen? Wie wäre es mit einem Düsenantrieb?

> Zaubere mit deinen Stiften jedes Besen-Upgrade, das du dir vorstellen kannst.

DU BIST IN DER MANNSCHAFT!

Und jetzt bist du dran! Welche Quidditch-Position ist deine? Hüter, Jäger, Treiber oder Sucher? Beantworte die Fragen und zähle, welcher Buchstabe am häufigsten vor deiner Antwort steht.

1. WIE GEHST DU MIT DEINEN MITMENSCHEN UM?
- A. Ich beachte sie kaum.
- B. Ich setze mich immer für alle ein.
- C. Wir machen immer alles zusammen.
- D. Das kommt darauf an, ob ich sie mag …

2. WAS ISST DU AM LIEBSTEN?
- A. Ach, ich brauche nicht viel …
- B. Viele Nudeln, damit ich groß und stark werde!
- C. Fleisch! Ich brauche Kräfte wie ein Tier!
- D. Alles! Hauptsache lecker.

3. WAS IST DEIN LIEBLINGSFACH?
- A. Kunst: Ich schaue gerne genau hin!
- B. Sport: Da zeige ich, was ich kann!
- C. Mathe: Winkel berechnen macht Spaß!
- D. Schule ist doof!

4. WENN EIN GEGNER DICH VERHEXEN WILL, WIE REAGIERST DU?
- A. Ich weiche aus.
- B. Ich kenne alle Abwehrsprüche!
- C. Ich ziehe natürlich erst mal den Zauberstab.
- D. Ich schlage ihn.

5. WENN EIN BALL AUF DICH ZUFLIEGT, WAS TUST DU?
- A. Ich fange ihn, bevor er entwischen kann!
- B. Ich trete ihn einfach weg! Besser ist das!
- C. Ich schlage ihn in Richtung gegnerisches Tor!
- D. Ich lasse ihn direkt zum fiesesten Mitspieler fliegen!

WENN DU AM HÄUFIGSTEN …

… A geantwortet hast, bist du der Sucher deines Teams. Du bist flink und erkennst den Schnatz auch aus großer Entfernung. Die 150 Extrapunkte sind deiner Mannschaft sicher.

… B geantwortet hast, dann hütest du die drei Torringe deines Teams. Du bist ein wichtiger Teil deiner Mannschaft und hältst jeden Quaffel, der sich dir nähert!

… C geantwortet hast, schießt du für dein Team die Tore. Du und die beiden anderen Jäger, ihr spielt so gut zusammen, dass jedes Match ein sicheres Spiel ist!

… D geantwortet hast, treibst du den gegnerischen Spielern die Klatscher entgegen. Deine eigene Mannschaft beschützt du sicher vor diesen lästigen Bällen!

DAS MATCH

Das erste Turnier steht an! Zusammen mit einem oder mehreren Freunden sucht ihr euch jeder eine Spielfigur aus einer Spielesammlung. Der Reihe nach wird gewürfelt und jeder zieht die entsprechende Zahl das Spielfeld vom Startfeld aus entlang. Wer auf ein Aktionsfeld kommt, muss die Anweisung befolgen. Der Erste im Ziel gewinnt das Match! Schießt Tore, treibt Klatscher und fangt den Schnatz!

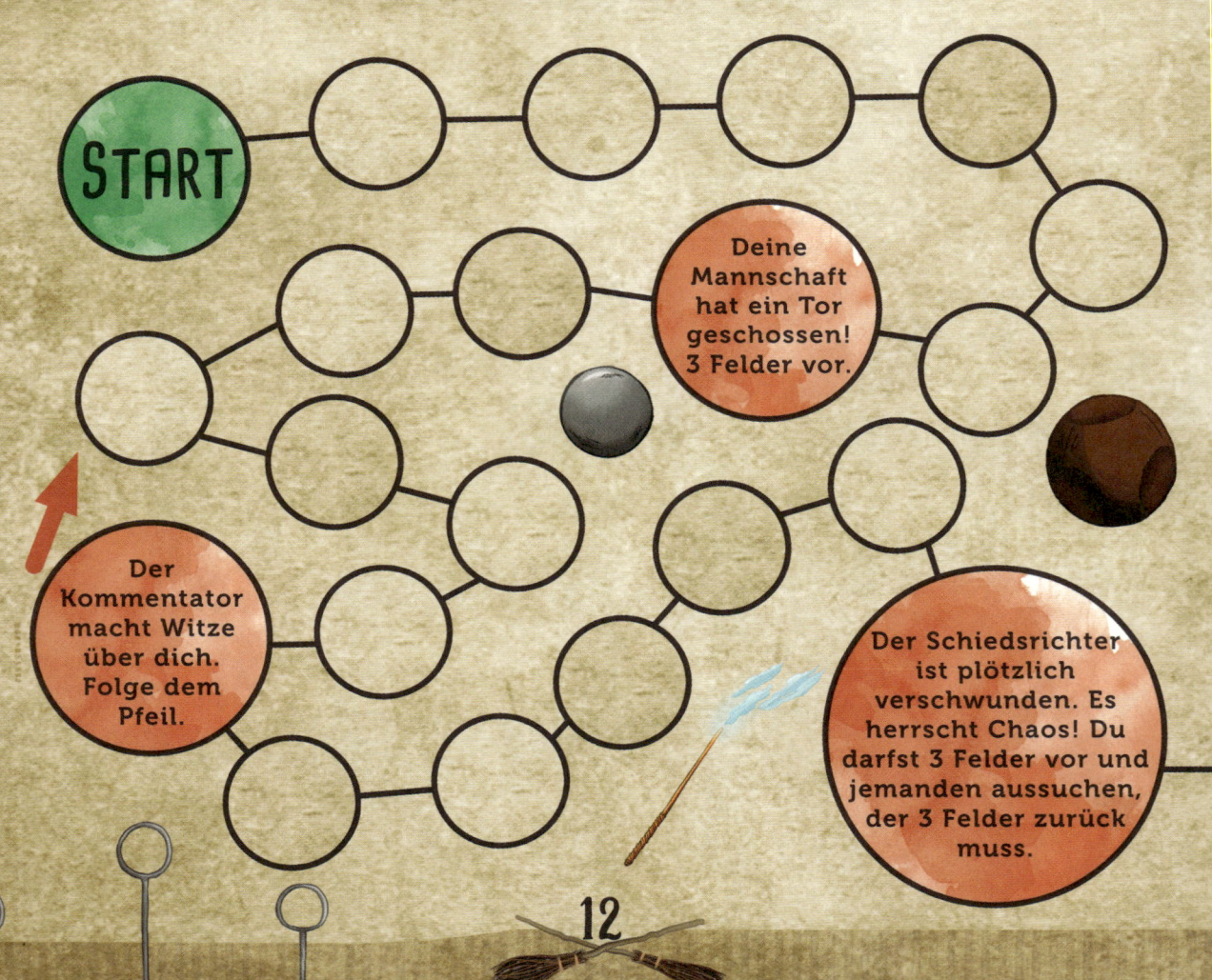

START

Deine Mannschaft hat ein Tor geschossen! 3 Felder vor.

Der Kommentator macht Witze über dich. Folge dem Pfeil.

Der Schiedsrichter ist plötzlich verschwunden. Es herrscht Chaos! Du darfst 3 Felder vor und jemanden aussuchen, der 3 Felder zurück muss.

Weil du deinen Besen gestern mit dem Pflegeset behandelt hast, ist er superschnell! 5 Felder vor.

Du wurdest von einem Klatscher getroffen. 3 Felder zurück.

Am Spielfeldrand hast du den Grimm gesehen. Du hast dich so erschrocken, dass du 4 Felder zurück musst.

Dein Besen fängt an zu ruckeln. Du wurdest mit einem Fluch belegt. Setze eine Runde aus.

ZIEL

MAGIE ZUM NASCHEN

Nach einem gewonnenen Turnier sind die Sieger natürlich hungrig! Im Honigtopf in Hogsmeade gibt es die phantastischsten Süßigkeiten, über die sich jeder Spieler freuen wird. Wie wäre es mit leckeren Joghurt-Bonbons?

Zutaten

- 200 g Schneestaub (Zucker)
- 200 g Wolkenelixier (Joghurt)
- 50 ml Regenbogenessenz (Saft, zum Beispiel Kirsche, Banane, Maracuja, Traube)
- 1 TL Kesselschmierfett (Butter)

Schneestaub, Wolkenelixier, Regenbogenessenz und Kesselschmierfett in einen Topf geben. Ein Feuer unter dem Topf materialisieren oder alles auf den Herd stellen. Bei mittlerer Temperatur unter ständigem Rühren aufkochen. Der Schneestaub löst sich auf und alles ergibt eine zähflüssige Masse.

Diese lässt du nun aus dem Topf auf einen Teller schweben – oder schüttest den Inhalt aus dem Topf auf einen Teller aus. Lass die Masse abkühlen und forme dann mit den Händen Bonbons. Das Aussehen kannst du dir aussuchen: rund, rechteckig, sternförmig oder in Form von Katzen und Drachen. Alternativ kannst du auch Bonbon- oder Pralinenförmchen benutzen.

Viel Spaß und guten Appetit!

Mit welchem Zauber du die Bonbons belegst, kannst du dir dann aussuchen. Vielleicht spricht der Essende nach dem Verzehr eine Stunde lang wie ein Pirat - harr, harr - oder kann sich nur noch rückwärts fortbewegen?

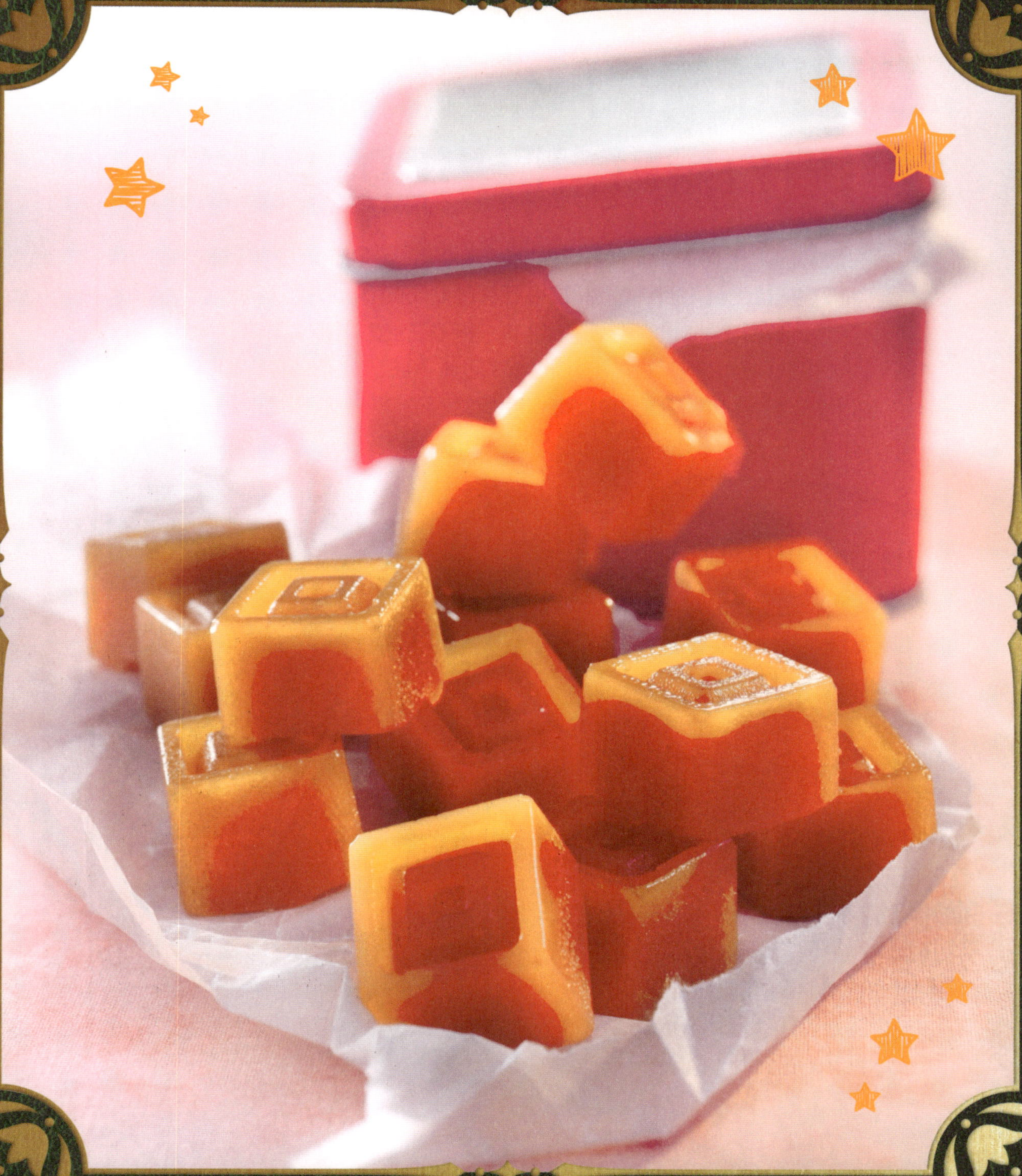

Einhornhaar, Phönixfeder und Drachenherzfaser

Nun kennst du dich schon ein wenig in der Zaubererwelt aus und hast vielleicht sogar schon dein erstes Quidditch-Spiel gewonnen. Jetzt bekommst du endlich deinen eigenen Zauberstab! Du kannst ihn ganz leicht selber basteln. Zauberstäbe bestehen aus Holz, denn mit Naturmaterialien lässt sich am besten zaubern.

Magische Utensilien

- 1 gerade gewachsener Stock (35-40 cm lang und 1 bis 1,5 cm dick)
- 1 Messer
- 1 Maßband oder Lineal

Ob ein Stock dein ganz eigener Zauberstab sein kann, merkst du, wenn du ein wenig mit ihm wedelst. Liegt er gut in der Hand? Fühlt sich das Holz geschmeidig an? Vergiss nicht: Der Stab sucht den Zauberer aus.

So wird der Stock zu einem magischen Zauberstab:

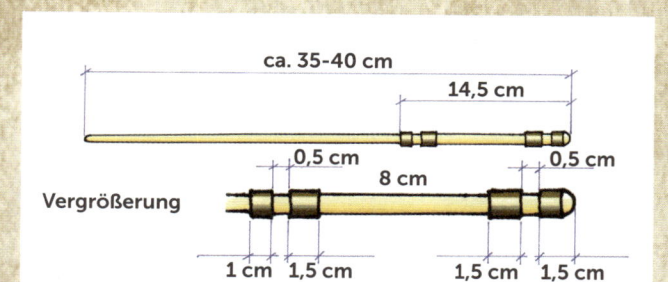

1. Auf der Skizze siehst du, wie dein persönlicher Stab aussehen kann. Am Griff bleiben Ringe aus Rinde stehen. In ihnen bündelt sich die Magie. Alles andere wird vorsichtig mit dem Messer herausgezaubert.

2. Löse zunächst am dickeren Ende des Stocks einen kleinen Abschnitt. Mit dem Messer zauberst du dann rund um den Stock herum die Linien, die zu den Ringen gehören. Pro Ring sind es also jeweils zwei. Orientiere dich dabei an der Skizze. Die Teile zwischen den vier Ringen vorsichtig mit dem Messer und einem Lösezauber entfernen.

3. Zum Schluss auch am vorderen Teil deines Zauberstabes die Rinde lösen. Dabei darf der Stock nach vorne hin ruhig um die Hälfte dünner werden.

Schon ist dein Zauberstab fertig! Aus welchem Holz besteht er? Und welchen Kern hat er? Wo es Einhornhaar, Phönixfeder und Drachenherzfaser gibt, weißt du natürlich selber schon. Und jetzt: Möge die Zauberei beginnen!

WISSEN IST MAGIE

Mit einem Zauberstab bist du jetzt ein wahrer Zauberer oder eine wahre Hexe! Aber das größte Herumgewedel hilft nicht, wenn du dich nicht in der Magie auskennst. Teste dich mit diesen Fragen! Vielleicht lernst du noch etwas dazu?

1. Wie heißt das Pulver, mit dem man durch Kamine reist?
   A. Wanzpulver
   B. Lauspulver
   C. Flohpulver
   D. Krätzpulver

2. Wie viele Mannschaften nehmen am Finale der Weltmeisterschaft im Quidditch teil?
   A. 2
   B. 3
   C. 4
   D. 7

3. Wie überlistet man die Peitschende Weide auf dem Schulgelände?
   A. Man berührt einen Wurzelknoten.
   B. Man läuft rückwärts.
   C. Man lässt den Zauberstab aufleuchten.
   D. Man fliegt ein Auto hinein.

4. WAS BEFINDET SICH UNTER DER ADRESSE GRIMMAULD-PLATZ 12 IN LONDON?
   A. Das Zaubereiministerium
   B. Das St. Mungo Hospital
   C. Der Phönixorden
   D. Der Tropfende Kessel

5. WAS IST EIN ANIMAGUS?
   A. Ein Tier, das sich in andere Tiere verwandeln kann
   B. Ein Zauberer, der magische Geschöpfe züchtet
   C. Ein Tier, das sich in einen Zauberer verwandeln kann
   D. Ein Zauberer, der sich in ein Tier verwandeln kann

6. WELCHES SCHULFACH GIBT ES NICHT IN HOGWARTS?
   A. Apparieren
   B. Verwandlung
   C. Zaubertränke
   D. Geschichte der Zauberei

7. WIE VIELE PUNKTE GIBT ES FÜR EIN QUIDDITCH-TOR?
   A. 5
   B. 10
   C. 15
   D. 20

EULENPOST

Kopf einziehen und Gläser festhalten! Die Post ist da! Hexen und Zauberer verschicken ihre Briefe und Päckchen mit Eulen. Da kann schon mal etwas zu Bruch gehen. Mit dieser schicken Eulenpost bist du aber auf der (fast) sicheren Seite.

Magische Utensilien

- 1 Luftballon
- 1 Stück Papier für deine Nachricht
- 1 schwarzer Permanentmarker
- 1 Stück Paketband (25 cm)
- Stift zum Schreiben

1. Hauche dem Luftballon Leben ein: Puste ihn auf und verknote ihn.
2. Der Pergamentmarker ist dein Zauberstab. Mit ihm verwandelst du den einfachen Luftballon in eine coole Eule. Male Augen, Schnabel, Flügel und Federn auf den Körper. Unten am Knoten sitzen die Krallen. 
3. Beschrifte nun das Papier mit deiner Nachricht – eine Eilmeldung ans Zaubereiministerium oder eine geheime Botschaft für Gringotts. Dann rolle es zusammen und binde es mit dem einen Ende des Paketbands zu.

TIPP
WENN DU DEN BALLON MIT HELIUM FÜLLST, FLIEGT ER BIS HOCH IN DIE WOLKEN.

4. Das andere Ende der Schnur bindest du dann an den Knoten unten an deiner Eule. Und schon geht deine Post in die Luft. Keine Sorge – die Eule kennt die Adresse.

21

WILLKOMMEN

Warzenschweiniges Hogwarts!
Du heißt jede Hexe und jeden Zauberer willkommen.
Niemand kennt all deine Geheimnisse.
Der größten Schlacht hältst du Stand.
Jedem gibst du, was er braucht.
Bei dir können wir zu Hause sein.

Jede Hexe und jeder Zauberer besucht in seiner Jugend eine magische Schule. Hogwarts ist eine dieser Schulen – und dort führt die Reise hin. Das Schloss und die Ländereien von Hogwarts stecken voller Geheimnisse. Von hier an wirst du vereinzelte Buchstaben auf den Seiten finden. Sammle sie und bewahre sie gut in deinem Herzen auf. Du wirst sie noch brauchen. Schau, hier ist schon der erste: **E**

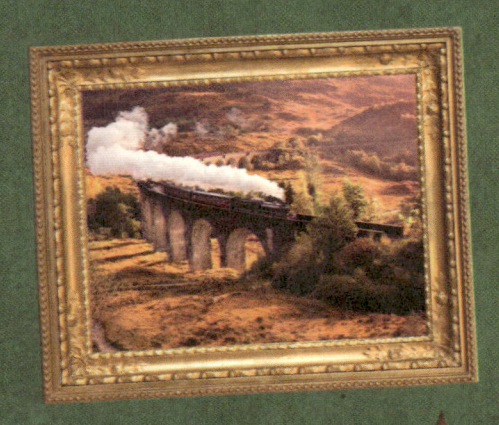

MUGGELALARM!

Von hier an haben Muggel keinen Zutritt mehr, denn Hogwarts können sie nicht betreten. Der Abwehrzauber lässt sie umkehren, weil sie etwas sehr Wichtiges vergessen haben. Den Wasserhahn zuzudrehen zum Beispiel. Damit du auf Nummer sicher gehen kannst, dass sich diese Wesen nicht in dein Haus verirren, gibt es hier ein Türschild.

1. Schneide das Motiv an der gestrichelten Linie aus.
2. Falte es vertikal in der Mitte, sodass die Schrift nach außen zeigt.
3. Klebe es dann so zusammen, dass du nur noch die beschrifteten Seiten sehen kannst.

Mit dem Henkel hängst du diesen Muggelabwehrzauber an die Tür und bist fortan gerüstet.

REPELLO MUGGELTUM!

MUGGEL MÜSSEN DRAUSSEN BLEIBEN!

ALLE EINSTEIGEN!

Um nach Hogwarts zu gelangen, nehmen alle Schüler den Hogwarts-Express. Das Abfahrtsgleis zu finden ist aber gar nicht so einfach. Hier siehst du fünf Gleise, und eines davon ist das Richtige. Du bekommst drei Hinweise.

A B C D E F

Hinweise
1. Das gesuchte Gleis liegt zwischen zwei anderen.
2. Es steht kein Zug darauf.
3. Es liegt nicht neben einem kurvigen Gleis.

Gute Reise!

Durch welche Absperrung mit welchem Buchstaben musst du hindurch laufen? _____

MUFFINS AUF BEINEN

Es geht los: Der Hogwarts-Express dampft und zischt auf seinem Weg in die Schule für Hexerei und Zauberei. Die Fahrt kann lang werden und man trifft so manches Kriechgetier. Pass auf, dass du nicht auf Kröten oder Taranteln trittst. Ein paar ungefährliche Spinnentiere kannst auch du mit auf die Reise nehmen: Leckere Muffins kommen bei deinen Freunden bestimmt gut an! Und gut zu backen – das ist auch eine Zauberkunst.

Zutaten für 12 Muffins

- 90 g Alraunenerde (Zartbitterschokolade)
- 120 g Kesselschmierfett (Butter)
- 3 Einhornsamen (Eier)
- 120 g Schneestaub (Zucker)
- 1 Prise Meeresträne (Salz)
- 120 g weißen Blütenstaub (Mehl)
- ½ Tl Feenextrakt (Natron)
- ½ Tl Riesenelixier (Backpulver)
- 80 ml Gummibaum-Saft (Buttermilch)

Außerdem

- ca. 200 g dunklen Harz (dunkle Kuvertüre)
- ca. 80 Spinnenbeine (Schoko-Stäbchen)
- 24 Spinnenaugen (weiße Minzdrops)
- Bunte Zauber-Überreste (Schokoraspeln oder bunte Zuckerperlen zum Bestreuen)

Eine gute Vorbereitung ist nicht nur fürs Zaubern, sondern auch fürs Backen wichtig: Die Feuerstelle (oder den Backofen) auf 180 Grad Celsius vorheizen. Ein Muffinblech mit Papierförmchen auslegen.

Die Alraunenerde und das Kesselschmierfett in einem Topf miteinander verschmelzen lassen und dann leicht abkühlen lassen. In einer Schüssel Einhornsamen, Schneestaub und Meeresträne schaumig rühren. In einer weiteren Schüssel Blütenstaub, Feenextrakt und Riesenelixier vermengen und zu den Einhornsamen in die erste Schüssel geben. Gummibaum-Saft hinzugeben und alles glatt rühren, danach die geschmolzene Alraunenerde mit Kesselschmierfett unterrühren.

Den Teig auf die Förmchen verteilen und auf dem Feuer bzw. im vorgeheizten Ofen für circa 25 Minuten backen. Danach abkühlen lassen.

Damit die Muffins auch wie krabbelige Spinnen aussehen, ist die richtige Verzauberung vonnöten: Den dunklen Harz im Wasserbad schmelzen. Die Spinnenbeine auf die richtige Länge brechen (circa 10 cm). Jeweils zwei Einzelteile auf Backpapier in einem 80-Grad-Winkel aneinanderlegen und mit etwas Harz verschmelzen (wie auf dem Bild). Den restlichen dunklen Harz auf den Muffins verteilen.

Jeweils zwei Augen auf einen Muffin legen und mit dem Harz festkleben. Mit etwas Harz zwei Augenpunkte aufmalen. Zur Verzierung bunte Zauber-Überreste auf den Muffins verteilen. Zum Schluss in jeden Muffin sechs bis acht Beine stecken.

GUTEN APPETIT UND GUTE FAHRT!

SCHÜLER AUS DEM BETT!

Hogwarts steht auf einem riesigen Gelände und auch das Schloss selbst ist zum Verlaufen groß. Direkt in deinen ersten Tagen hat dich dein bester Freund überredet, mit dem Tarnumhang nach draußen zu schleichen, um Nargel zu suchen. Nach einer erfolglosen Suche macht ihr euch auf den Weg zurück. Aber Vorsicht! Ihr seid nicht allein. Wie kommt ihr zurück zum Gemeinschaftsraum, ohne den anderen umherlaufenden Gestalten zu begegnen? Hättet ihr doch nur auf Hagrid gehört: Der weiß ganz genau, dass Nargel nicht existieren.

START

Rüstung

Troll

Rüstung

Blutiger Baron

Peeves

McGonagall

ZIEL

29

WIE IHR WÜNSCHT

Gehst du aufmerksam durch das magische Schloss, fällt dir vielleicht ein ganz besonderer Raum auf. Er beinhaltet immer genau das, was der Anwesende in dem Moment braucht. Was benötigst du gerade am dringendsten? Vielleicht eine leckere Kürbispastete? Flohpulver für den Kamin? Oder doch ein Fläschchen Felix Felicis? Male es hinein.

DEIN UNTERRICHT!

In einer Schule ist der Unterricht nicht weit, mögen die anderen Rätsel und Abenteuer auch noch so spannend sein. Schreibe hier deinen Stundenplan auf, damit du auch ohne Zeitumkehrer immer pünktlich im Unterricht bist.

STUNDENPLAN

Uhrzeit	Montag	Dienstag	Mittwoch	Donnerstag	Freitag

DEINE STÄRKE

Bändigst du gerne Drachen oder rührst du lieber in Kesseln? Jede Hexe und jeder Zauberer mag ein anderes Fach am liebsten. In welchem du wahrscheinlich viele Hauspunkte sammeln kannst, findest du hier heraus. Beantworte die Fragen und folge den Pfeilen mit deiner Antwort.

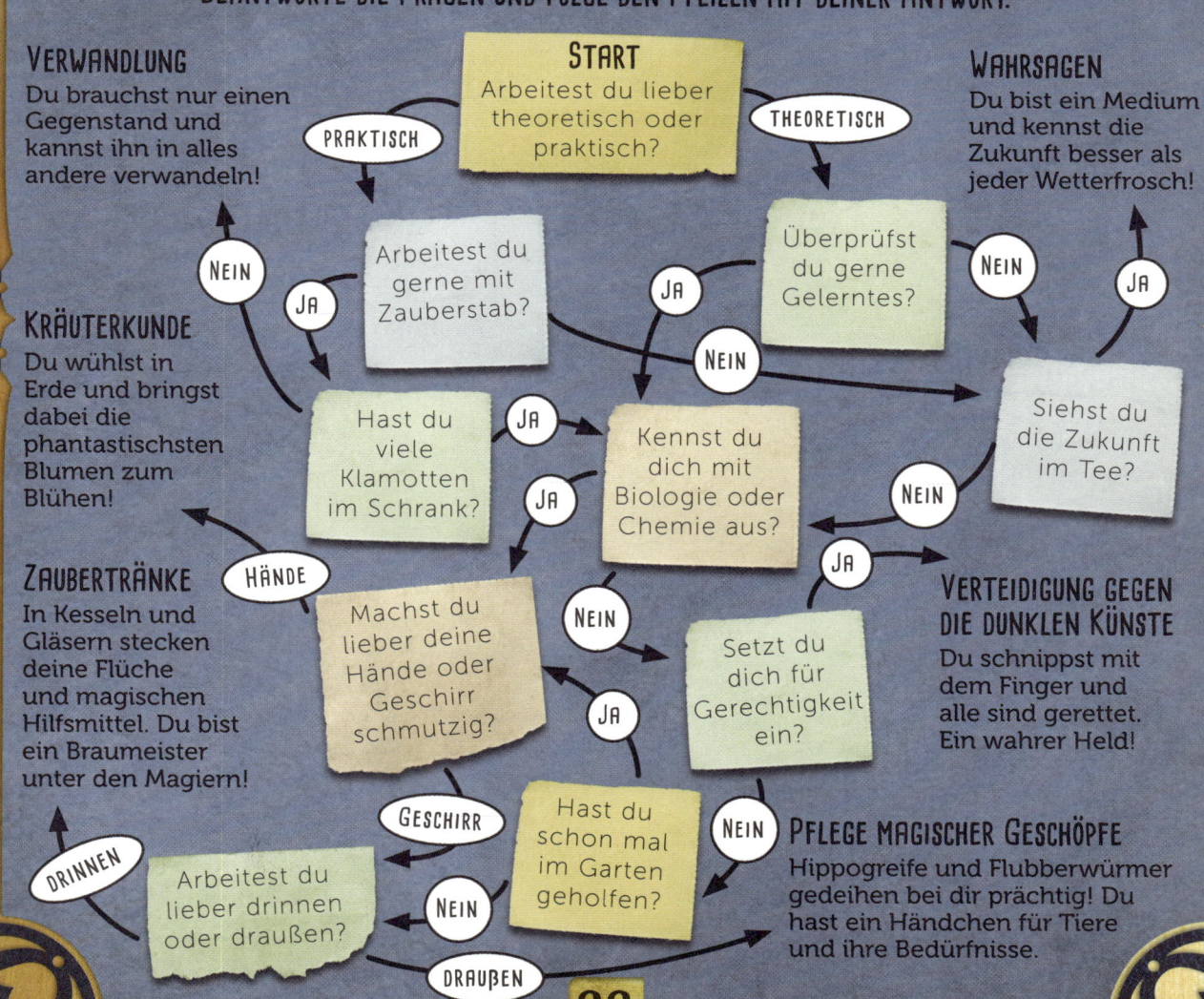

START – Arbeitest du lieber theoretisch oder praktisch?

VERWANDLUNG
Du brauchst nur einen Gegenstand und kannst ihn in alles andere verwandeln!

WAHRSAGEN
Du bist ein Medium und kennst die Zukunft besser als jeder Wetterfrosch!

KRÄUTERKUNDE
Du wühlst in Erde und bringst dabei die phantastischsten Blumen zum Blühen!

ZAUBERTRÄNKE
In Kesseln und Gläsern stecken deine Flüche und magischen Hilfsmittel. Du bist ein Braumeister unter den Magiern!

VERTEIDIGUNG GEGEN DIE DUNKLEN KÜNSTE
Du schnippst mit dem Finger und alle sind gerettet. Ein wahrer Held!

PFLEGE MAGISCHER GESCHÖPFE
Hippogreife und Flubberwürmer gedeihen bei dir prächtig! Du hast ein Händchen für Tiere und ihre Bedürfnisse.

Fragen im Flussdiagramm:
- PRAKTISCH / THEORETISCH
- Arbeitest du gerne mit Zauberstab? (JA/NEIN)
- Überprüfst du gerne Gelerntes? (JA/NEIN)
- Hast du viele Klamotten im Schrank? (JA/NEIN)
- Kennst du dich mit Biologie oder Chemie aus? (JA/NEIN)
- Siehst du die Zukunft im Tee? (JA/NEIN)
- Machst du lieber deine Hände oder Geschirr schmutzig? (HÄNDE/GESCHIRR)
- Setzt du dich für Gerechtigkeit ein? (JA/NEIN)
- Hast du schon mal im Garten geholfen? (JA/NEIN)
- Arbeitest du lieber drinnen oder draußen? (DRINNEN/DRAUßEN)

WAHRSAGEN

Hier werden Teetassen geschwenkt und Sternkonstellationen gedeutet. Verfolgt dich vielleicht schon der Grimm? Mache hier deine erste eigene Prophezeiung! Schließe die Augen und horche tief in dich hinein. Was siehst du in der magischen Kugel? Male es hinein.

E

34

ZAUBERTRÄNKE

Im Zaubertränkeunterricht wird nicht mit dem Zauberstab herumgefuchtelt. Hier finden ganz andere Wunder ihren Weg in verkorkte Flaschen. Verwechsle die einzelnen Tränke besser nicht!
In dem Raster unten fehlen einige Zaubertränke. Fülle die Reihen mit den abgebildeten Fläschchen auf. Aber Achtung: Jeder Trank darf in jeder Reihe, jeder Spalte und jedem Rechteck nur einmal vorkommen.

35

VERWANDLUNG

Was ist denn hier passiert? Da ist der Verwandlungsunterricht mal wieder nach hinten losgegangen. Nicht ein einziger Gegenstand hat seine Form vollständig geändert. Was waren die einzelnen Dinge vorher? Und in was sollten sie sich eigentlich verwandeln?

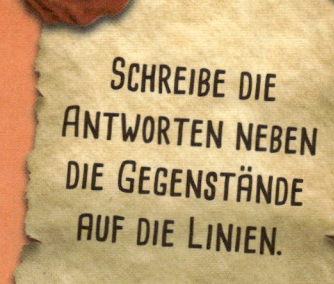

Schreibe die Antworten neben die Gegenstände auf die Linien.

37

KRÄUTERKUNDE

C

In Kräuterkunde stehen die verschiedensten Pflanzen auf dem Lehrplan. Wer es schafft, eine Teufelsschlinge von einem gewöhnlichen Efeu zu unterscheiden, entkommt einem unangenehmen Tod durch Zerquetschen. Heute steht aber erst einmal Theorie auf dem Stundenplan. Male die Pflanzen in magischen Farben aus.

38

VERTEIDIGUNG GEGEN DIE DUNKLEN KÜNSTE

In Hogwarts bist du sicher. Aber die magische Welt steckt voller Gefahren und Kreaturen. Da, ein Irrwicht! Er hat sich im Schrank versteckt und wartet nur darauf, uns mit dem zu erschrecken, wovor wir am meisten Angst haben. Wovor fürchtest du dich am meisten? Spinnen? Hausaufgaben? Monster? Überleg es dir und dann stell dir vor, wie du es lächerlich aussehen lassen kannst. Vielleicht mit Rollschuhen unter den acht haarigen Spinnenbeinen? Deiner Phantasie sind keine Grenzen gesetzt.

RIDDIKULUS!

ZAUBERKUNST

Die richtige Anwendung von Zaubersprüchen und das adäquate Wedeln mit dem Zauberstab wollen gelernt sein. Schon manch ein Schüler ist nicht aufmerksam genug gewesen und musste danach eine Woche lang ohne Augenbrauen durch die Korridore laufen.

Findest du die sieben Zaubersprüche im Buchstabenraster auf der rechten Seite? Sie können vorwärts und rückwärts versteckt sein. Zu jedem Spruch bekommst du einen Hinweis!

1. Mit diesem Zauberspruch entwaffnest du den Gegner.
   _____

2. Dieser Spruch ist unverzeihlich, denn er fügt anderen schmerzhafte Qualen zu.
   _____

3. Dieser Zauberspruch bringt Licht.
   _____

4. Dieser Zauberspruch bringt Dunkelheit.
   _____

5. Dieser Zauber schockt den Gegner.
   _____

6. Dieser Spruch ruft einen Gegenstand herbei.
   _____

7. Dieser Zauberspruch öffnet Türen.
   _____

```
A B K L K O P A W S E R S
Z O P S E R W N J U L A Q
L K O A S C X V E M P O I
I H A L O H O M O R A Y X
R T C Z U I L J H A L V P
F G C R U C I O R I K B W
E H I L F R M S E L J N E
X D O U M S O M U L H N D
P H J D U T S O I E G M F
E T R I G U Z P U P R T V
L G R I G P I N O X E X B
O F D S K O M O R E M I N
T R I M A R I R O N Z T R
```

41

Pflege magischer Geschöpfe

Du konntest bereits den Zauberer in dir finden und zu Anfang hast du einen kleinen Magier zum Leben erweckt. Nun bist du bereit, es mit einem mächtigen magischen Wesen aufzunehmen. Flubberwürmer lassen wir direkt hinter uns. Getreu dem Motto: Schlafende Monster ärgert man nicht! Heute gibt es eine Ausnahme – erwecke diesen Drachen zum Leben!

Schritt 1: Konzentriere dich und sammle alle magische Energie, die in dir steckt.

Schritt 2: Nimm deine zauberhaftesten Stifte und mal das Bild bunt an.

Schritt 3: (Hier ist ein wenig Muggelarbeit vonnöten) Begib dich mit deinem Smartphone oder Tablet in den App Store oder zu Google Play und lade die kostenlose MagicDadoo-App herunter.

Schritt 4: Starte die App und wähle das Bild mit dem Roboter aus.

Schritt 5: Scanne das ausgemalte Bild des Drachen. Der Zauber gelingt am besten, wenn das ganze ausgemalte Bild auf dem Bildschirm zu sehen ist und das Gerät möglichst gerade gehalten wird.

Schritt 6: Tadaa! Der Drache erwacht zum Leben.

Schritt 7: Halte dein Gerät woanders hin und tippe auf den MagicDadoo-Button. Der Drache erscheint an der neuen Stelle. Mit dem Kamera-Button kannst du ein Foto machen.

43

ALTE RUNEN

Alte Sprachen und Schriften zu erlernen, ist in der Magie unerlässlich. Viele Zauber aus vergangenen Zeitaltern wären ansonsten für immer verloren. Da die Schriften oft sehr kompliziert sind und Magier in der heutigen Zeit unter großem Zeitdruck arbeiten, behelfen sie sich mit einem Trick. Auch du kannst ihn anwenden und deine Zauber vor neugierigen Muggelaugen schützen.

Dazu nimmst du ein Blatt Papier und schreibst alle 26 Buchstaben des Alphabets untereinander. Nun suchst du dir einen dieser Buchstaben aus. Zum Beispiel das D. Diesen Buchstaben schreibst du oben neben das A. Vom D ausgehend schreibst du nun weiter alle Buchstaben in der Alphabet-Reihenfolge neben die anderen. Bist du bei Z angekommen, geht es wieder mit dem A los. So bekommt jeder Buchstabe einen anderen zugeordnet.

Schreibst du nun einen Text, nimmst du nicht die richtigen Buchstaben, sondern die, die jedem einzelnen zugeordnet sind. Damit du nicht vergisst, welche Zuordnung du gewählt hast, schreibst du den Buchstaben, der das A ersetzt, in eine Ecke deines Textes (in diesem Fall D). So kann auch ein Freund, der den Code kennt, eine geheime Botschaft von dir erhalten und entschlüsseln.

A	D
B	E
C	F
D	G
E	H
F	I
G	J
H	K
I	L
J	M
K	N
L	O
M	P
N	Q
O	R
P	S
Q	T
R	U
S	V
T	W
U	X
V	Y
W	Z
X	A
Y	B
Z	C

Zauber des Alltags

Mit dem Zauberstab kann man ganze Bauernhöfe versetzen, das Zaubereiministerium auseinandernehmen oder den besten Freund in eine pickelige Kröte verwandeln. Im Alltag tun es aber auch die einfachen und bewährten Dinge. Hier findest du drei Lesezeichen, damit du im Lernstress neben dem Überblick nicht auch noch die richtige Seite verlierst.

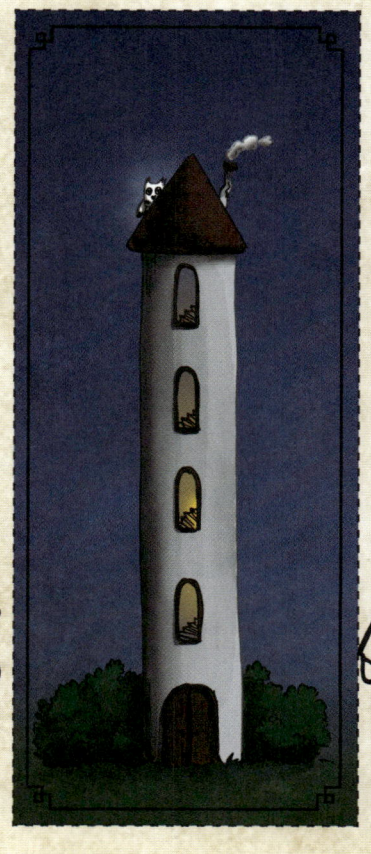

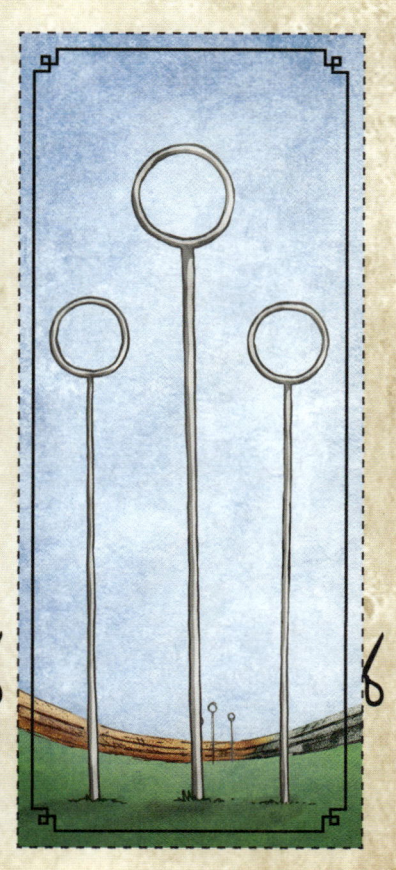

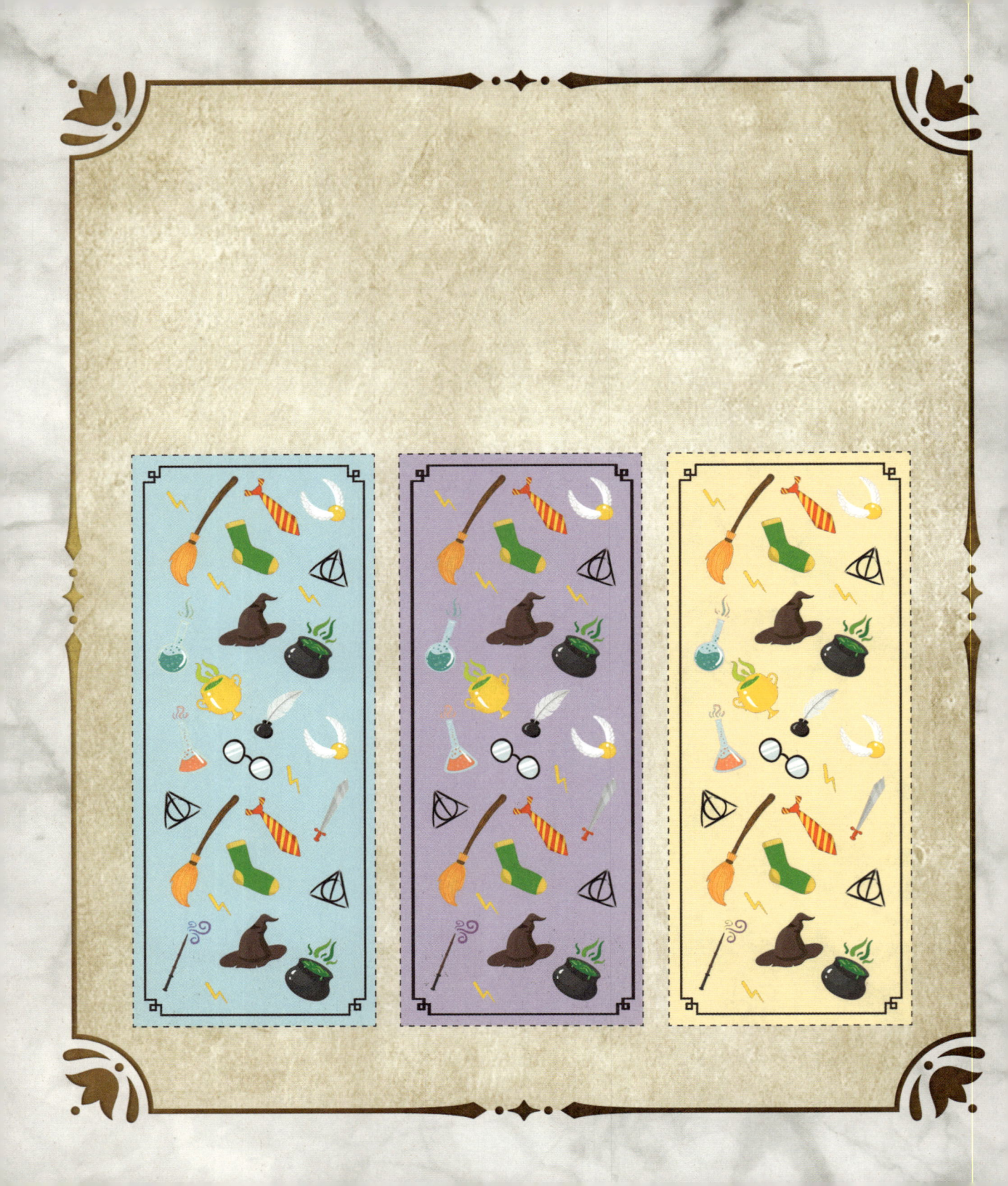

POLTERNDE POST

Ist eine Schulprüfung schlecht gelaufen, ist ein keifender Brief von den Eltern nicht weit. Er erreicht dich in Anwesenheit deiner Mitschüler und alle können hören, was du angestellt hast. Möchtest du auch mal jemandem eine Nachricht mit Nachdruck schicken? Dann lass deinen Gefühlen hier freien Lauf! Danach fühlst du dich gleich viel besser und hast den Kopf frei für Magie.

Zwischen Naht und Krempe

Beantworte die Fragen und finde heraus, zu welchem Haus du gehörst. Sie alle haben ihre eigenen Vorzüge.

A) Was ist deine grösste Schwäche?
1. Auf andere Personen zu hören
2. Eitelkeit
3. Zuzugeben, Unrecht zu haben
4. Anderen zu vertrauen

B) Was nimmst du auf eine einsame Insel mit?
1. Ein Buch zum Lesen
2. Eine Taschenlampe
3. Meinen Zauberstab
4. Meinen besten Freund

C) Wo machst du gerne Urlaub?
1. In einer riesigen Bibliothek
2. Beim Wandern in der Heimatgegend
3. Auf Safari im heißen Afrika
4. Beim Skifahren im hohen Gebirge

D) Welche Farbe magst du am wenigsten?
1. Orange
2. Violett
3. Grün
4. Rot

E) Zu welcher Gruppe gehört dein Sternzeichen?
1. Luft (Waage, Wassermann, Zwilling)
2. Erde (Stier, Steinbock, Jungfrau)
3. Feuer (Löwe, Schütze, Widder)
4. Wasser (Fische, Skorpion, Krebs)

F) ZU DEINEM GEBURTSTAG FINDET EINE ÜBERRASCHUNGSPARTY STATT! WAS DENKST DU?
1. Die anderen haben sich in letzter Zeit wirklich auffällig verhalten!
2. Ich freue mich sehr! Womit habe ich das nur verdient?
3. Ich rufe: Das Buffet ist eröffnet!
4. Ich wusste, dass meine Freunde mich nicht im Stich lassen!

G) WELCHES TIER IST DEIN LIEBSTES FABELTIER?
1. Ein Phönix
2. Ein Wolpertinger
3. Eine Sphinx
4. Ein Drache

H) DU BEKOMMST EINE RECHENAUFGABE GESTELLT. WAS TUST DU?
1. Ich rechne sie einfach aus.
2. Ich frage einen Freund um Rat.
3. Ich tue mein Bestes!
4. Ich frage, ob jemand anderes für mich rechnen kann.

I) IN DER ZAG-PRÜFUNG FÜR GESCHICHTE KENNST DU EINE JAHRESZAHL NICHT. DEIN BESTER FREUND NEBEN DIR KRITZELT SIE AUF EINEN ZETTEL UND REICHT DIR DIESEN. WAS TUST DU?
1. Nach kurzem Nachdenken fällt mir die Zahl selbst wieder ein.
2. Ich würde den Zettel gerne nehmen, aber Professor Binns schwebt nur eine Reihe weiter.
3. Ich nehme den Zettel auf die Gefahr hin erwischt zu werden.
4. Ich nehme natürlich den Zettel, wenn mein Freund mir schon sein kostbares Wissen anvertraut.

WENN DU AM HÄUFIGSTEN ...

... 1. geantwortet hast, gehörst du nach Ravenclaw. Du bist schlau und wissbegierig und wirst dein Haus mit neuen Erkenntnissen bereichern. Lerne fleißig weiter!

... 2. geantwortet hast, bist du ein Hufflepuff! Du bist fleißig und vorausschauend und fühlst dich in der vertrauten Umgebung wohl. Sei weiterhin ein guter Freund!

... 3. geantwortet hast, bist du nun in Gryffindor! Du bist mutig und großzügig und liebst es, Abenteuer zu erleben. Behalte stets dein großes Herz!

... 4. geantwortet hast, ist Slytherin jetzt dein Zuhause! Du bist ein guter Freund und kennst aus jeder Situation einen Ausweg. Gib niemals auf!

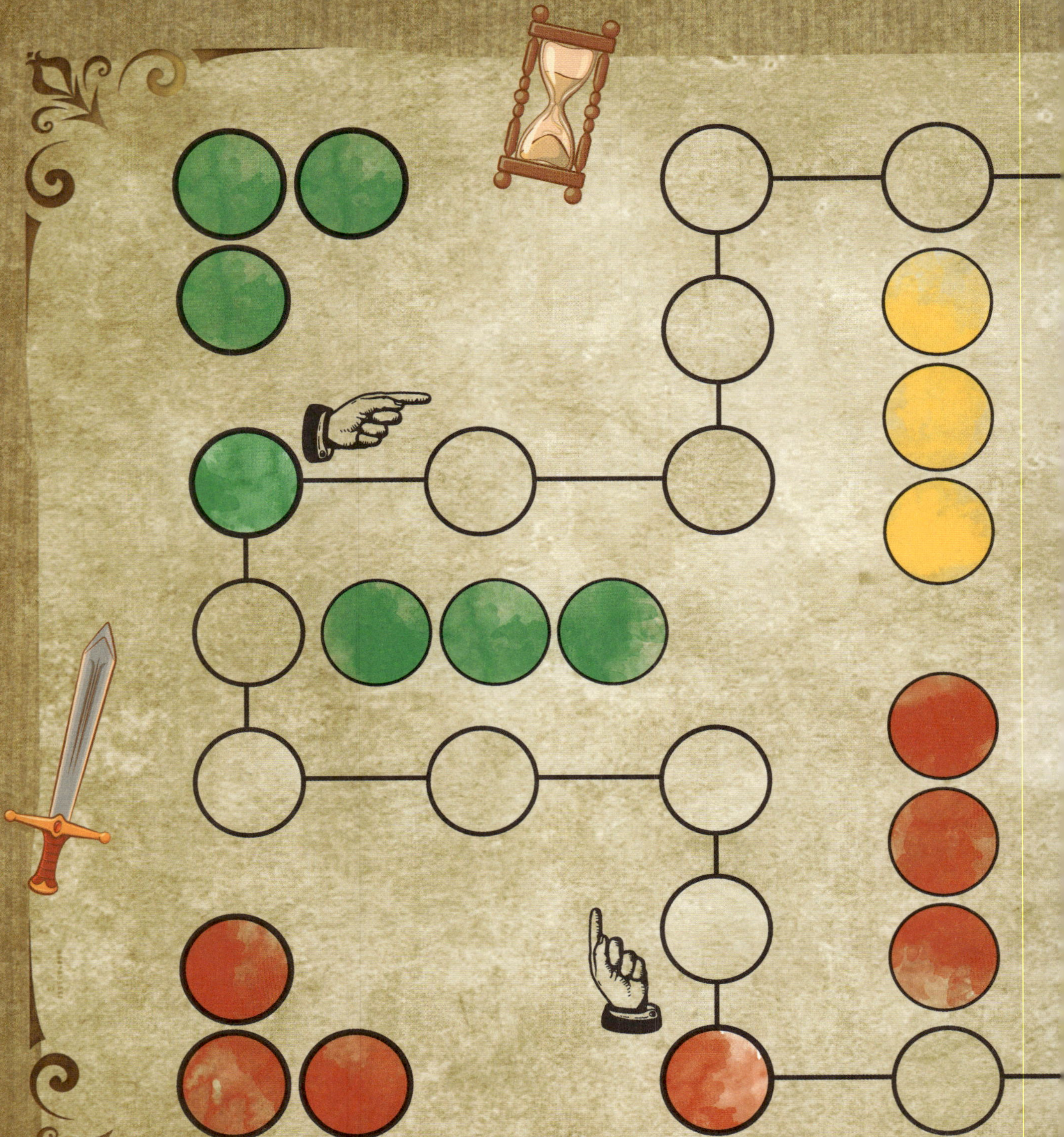

EURE SPIELFIGUREN

ANLEITUNG →

SPIELREGELN

Die Häuser kämpfen gegeneinander um den Hauspokal. Hier kannst du mit drei Freunden das Haus-Spiel spielen und sehen, wer den Pokal gewinnt. Schneidet die Wappen aus und klebt sie auf Pappe. Das sind eure Spielfiguren, die ihr auf die vier mal drei äußeren Felder stellt. Es wird reihum gewürfelt. Wer eine Sechs würfelt, darf eine Figur auf sein Startfeld stellen. Weiter geht es in Zeigerichtung. Auf dem Spielfeld darf um die Zahl der Würfelaugen vorangeschritten werden. Landet eine Figur auf einem besetzten Feld, ist die Figur, die zuvor da war, raus und muss zurück auf ihr äußeres Feld. Wer eine Sechs würfelt, darf nochmal würfeln. Umrundet eine Figur das Spielfeld, darf es auf die eigenen mittleren drei Felder abbiegen, also ins Haus. Diese Felder müssen mit passender Würfelzahl erreicht werden. Wer zuerst alle drei Figuren im Haus hat, gewinnt den Hauspokal!

EINE ZAUBERHAFTE DEKORATION

Jetzt kennst du dein Haus und kannst es mit diesem Wappen stolz vertreten. Male das Wappentier hinein – einen Löwen für Gryffindor, einen Adler für Ravenclaw, einen Dachs für Hufflepuff, eine Schlange für Slytherin – und zaubere es mit einem Klebespruch auf feste Pappe. Schneide es dann mit einem Scherenzauber aus.

Magische Geschöpfe

...und wie sie sich verstecken. Manche magischen Wesen sind sehr scheu und beherrschen ihre ganz eigenen Zauber. Sie möchten sich manchmal so sehr verstecken, dass sie selbst ihre Namen verhexen, damit niemand sie findet. Du als fortgeschrittener Magier oder Hexe schaffst es vielleicht, ihre Namen zu entschlüsseln. Aber sei vorsichtig! Manche von ihnen beißen.

Lethrast

Gropiphief

Krontima

Lankmürfilpreg Tröket

Rutanze

A

Durch den verbotenen Wald

Die magischen Wesen sind von Hogwarts aus leicht zu finden. Auf dem eigenen Grundstück wohnen sie im Verbotenen Wald und gehen ihren Geschäften nach. Verbotenerweise hast du dich mit deinen Freunden aufgemacht, um von einem Zentauren den Rat der Sterne einzuholen. Natürlich haben die Halbmenschen nicht mit euch gesprochen – ihr müsst ohne Erkenntnisse zurück. Der Weg ist lang, aber war da hinten nicht der alte Ford Anglia, der seit einiger Zeit im Wald lebt? Finde den richtigen Pfad zum Auto, und es wird euch sicher zurück zum Schloss bringen.

Start

ZIEL

57

ZAUBER MIT STIFT UND PAPIER

Auch der spannendste Magie-Unterricht kann einmal langweilig werden. Hier lernst du, eine niedliche Eule auf das Pergament zu zaubern. Du kannst auch deine Briefe damit verzieren oder ein Hinweisschild zum Eulenturm aufstellen.

1. Liebe ist die stärkste Macht. Zaubere zunächst ein Herz aufs Pergament.

2. Füge nun mit deinem Federkiel das Gesicht in das Herz und das Muster außen ein.

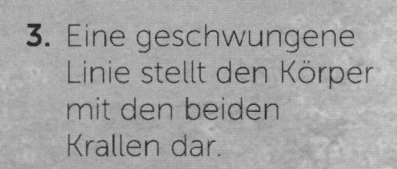

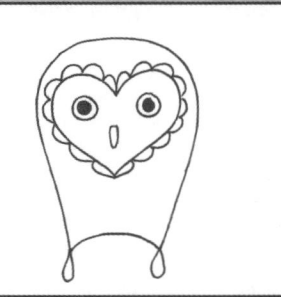

3. Eine geschwungene Linie stellt den Körper mit den beiden Krallen dar.

ZUM EULENTURM

4. Um die Post zu verteilen, braucht eine Eule Flügel. So zeichnest du sie ins Bild.

5. Zum Schluss fehlen nur noch die spitzen Öhrchen und das Federmuster in den Flügeln.

Schon hast du deine erste Eule aufs Pergament gezaubert. Wie süß! Erwecke sie noch mit bunten Farben zum Leben und zeichne direkt die nächste!

Dein magischer Zoo

Magische Geschöpfe wie Zentauren oder Niffler haben die Menschen schon immer fasziniert. Im verzauberten Wald sind die sicher vor Muggeln. Es gibt jedoch viele zauberhafte Tiere, die in der neuen Welt kaum noch einen Platz finden. Newt Scamander beherbergte einige von ihnen in seinem magischen Koffer und bot ihnen dort ein Zuhause.

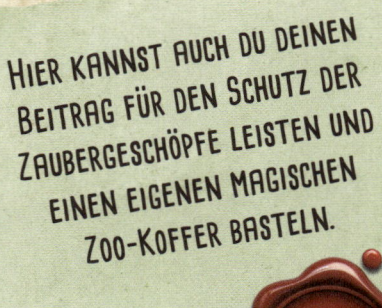

Hier kannst auch du deinen Beitrag für den Schutz der Zaubergeschöpfe leisten und einen eigenen magischen Zoo-Koffer basteln.

Und so geht's

1. Schneide den Koffer mit einem Scherenzauber einmal rundherum aus. Achte darauf, keine Klappen auszulassen. Alle Teile sind wichtig, damit die Geschöpfe nicht herausfallen.

2. Führe an den gestrichelten Linien einen Knickzauber aus. Knicke die Klappen alle nach innen, also in Richtung der Rück- beziehungsweise Innenseiten.

3. Materialisiere etwas Kleber auf die Stellen „Hier kleben". Drücke die so bestrichenen Klappen dann von innen an der Vorder- und Rückseite fest.

4. Wenn alles gut getrocknet ist und der Deckel deinen Koffer zudeckt, kannst du dich auf die Suche nach deinem ersten magischen Geschöpf machen. Es wird sich in seinem neuen Zuhause gewiss sehr wohl fühlen.

Hier kleben

Hier kleben

Hier kleben

Hier kleben

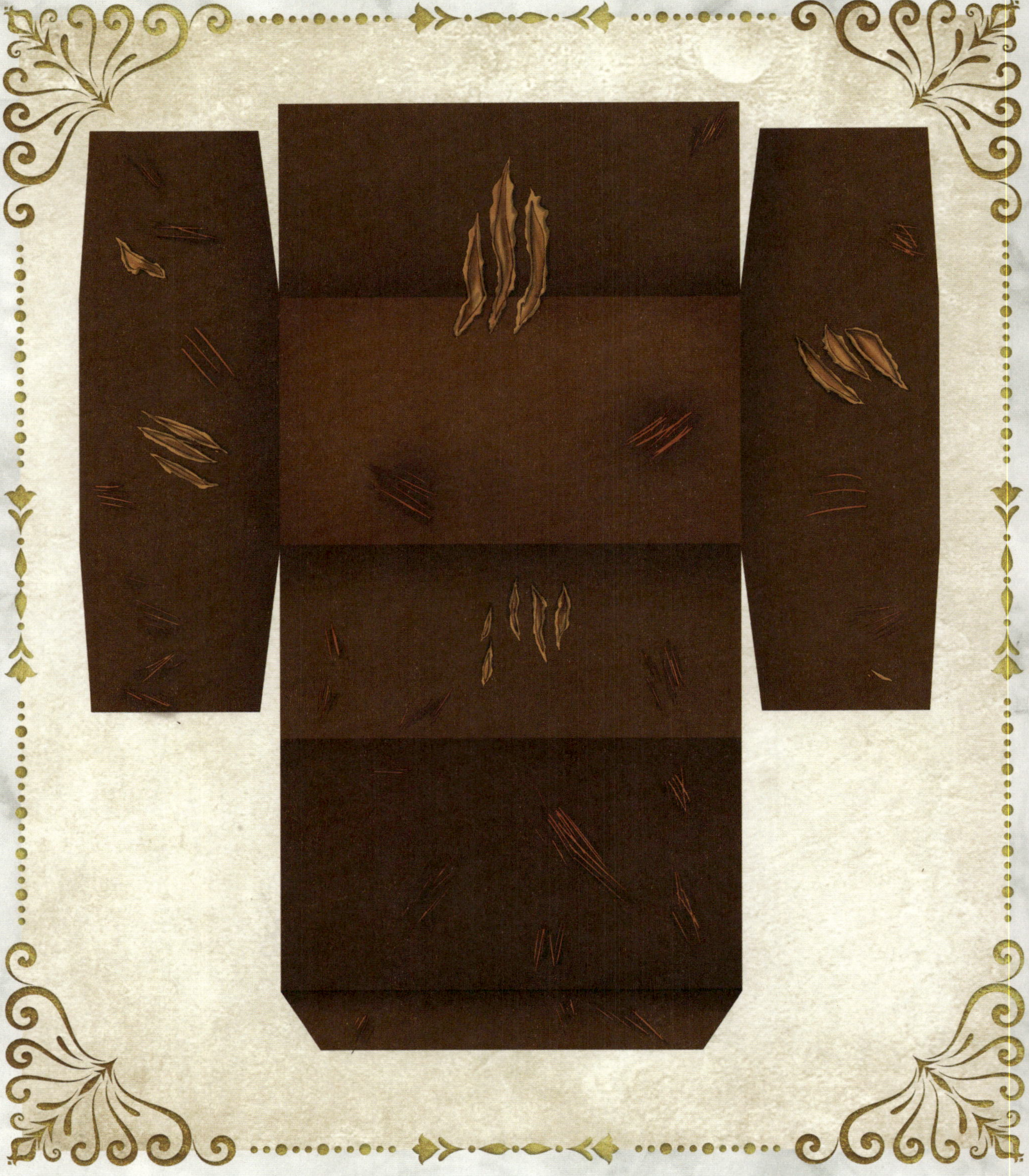

DIE MAGISCHE FAUNA

Viele magische Geschöpfe werden auch für die Zauberer immer ein Rätsel bleiben. Aber du kennst dich bereits gut aus. Teste hier dein Wissen über die wilden Kreaturen und finde heraus, ob du der neue Newt Scamander bist.

R

1. RIESENSPINNEN HEISSEN …
   A. Arachmide.
   B. Acromantula.
   C. Ambiguola.

2. WAS IST EIN SCHWEDISCHER KURZSCHNÄUZLER?
   A. Ein blau-silberner Drache
   B. Ein großer Hochland-Hund
   C. Ein Unterwasser-Gnom

3. WELCHE FARBE HAT EINHORNBLUT?
   A. Silber
   B. Rot
   C. Schwarz

4. WAS KANN EINEN BASILISKEN-BISS HEILEN?
   A. Einhornblut
   B. Phönixtränen
   C. Trollpopel

5. WELCHE HAUSTIERE SIND SCHÜLERN LAUT WILLKOMMENSBRIEF IN HOGWARTS ERLAUBT?
   A. Ratten, Frösche und Drachen
   B. Eulen, Katzen und Hunde
   C. Kröten, Eulen und Katzen

LEHRER, WECHSLE DICH!

In der Zauberwelt gibt es viele Berufe, für die du dich nach der Magier-Schule entscheiden kannst. Wie wäre es zum Beispiel als Lehrer in Hogwarts anstatt magischer Zoowärter? Aber manche Fächer haben einen ganz schön hohen Verschleiß. Wie zum Beispiel Verteidigung gegen die dunklen Künste. In sechs Jahren waren es sechs Lehrer. Kannst du sie der Reihenfolge nach ordnen?

Verbinde die richtige Zahl (die für das Jahr steht) mit dem richtigen Namen.

2 — LUPIN
1
6
LOCKHART
UMBRIDGE
MOODY
4
QUIRREL
3
5 — SNAPE

WELCHES SYMBOL PASST ZU WELCHEM LEHRER?

Hier stehen sechs weitere Gegenstände. Sie sind gefährlich für den jeweiligen Lehrer oder haben ihn in eine verzwickte Situation gebracht. Kannst du die passenden Zahlen unter die richtigen Gegenstände schreiben?

LIEBE
___

MOND
___

STEIN DER WEISEN
___

ZENTAUREN
___

KAPUTTER ZAUBERSTAB
___

SCHRANKKOFFER
___

METAMORPHOSE IM KESSEL

Mit diesem Zaubertrank ist es möglich, sich äußerlich in jemand anderen zu verwandeln. Manch einer hat deswegen ein ganzes Jahr in seinem eigenen Koffer verbracht, andere stürmten so verkleidet schon heimlich das Zaubereiministerium. Hier lernst du, diesen vielseitigen Trank zu brauen. Bitte benutze ihn nicht für verbotene Abenteuer! Aber wie wäre es, mit deinem besten Zauberer-Freund mal für einen Tag die Rollen zu tauschen?

Die Alraunen-Wurzel schälen und mit einer Reibe zerreiben. Das Phönix-Ei und die Pferdeäpfel schälen und in Stücke würfeln. Ein Sonnenbruchstück waschen und aus der Mitte zwei Scheiben für die Dekoration beiseitelegen. Alle Sonnenbruchstücke und die Samen des Geldbaumes auspressen.

Alles zusammen mit den Regenbogenfängern in einem Mixer zu einem cremigen Drink pürieren. Dann in zwei Gläser schütten und mit den Scheiben der Sonnenbruchstücke dekorieren.

Für diesen vielseitigen Trank brauchst du nun noch ein Haar von der Person, in die du dich verwandeln möchtest. Der Drink schmeckt aber auch so schon sehr gut, und wie jemand anderer auszusehen ist dann vielleicht doch etwas verwirrend. Lasst euch das Getränk einfach so schmecken.

ZUTATEN

- 1 bezoarngroßes Stück Alraunen-Wurzel (walnussgroßes Stück Ingwer)
- 1 Phönix-Ei (Mango)
- 4 Pferdeäpfel (Kiwis)
- 8 Sonnenbruchstücke (Orangen)
- 2 Samen des Geldbaumes (Limetten)
- 12 Regenbogenfänger (Eiswürfel)

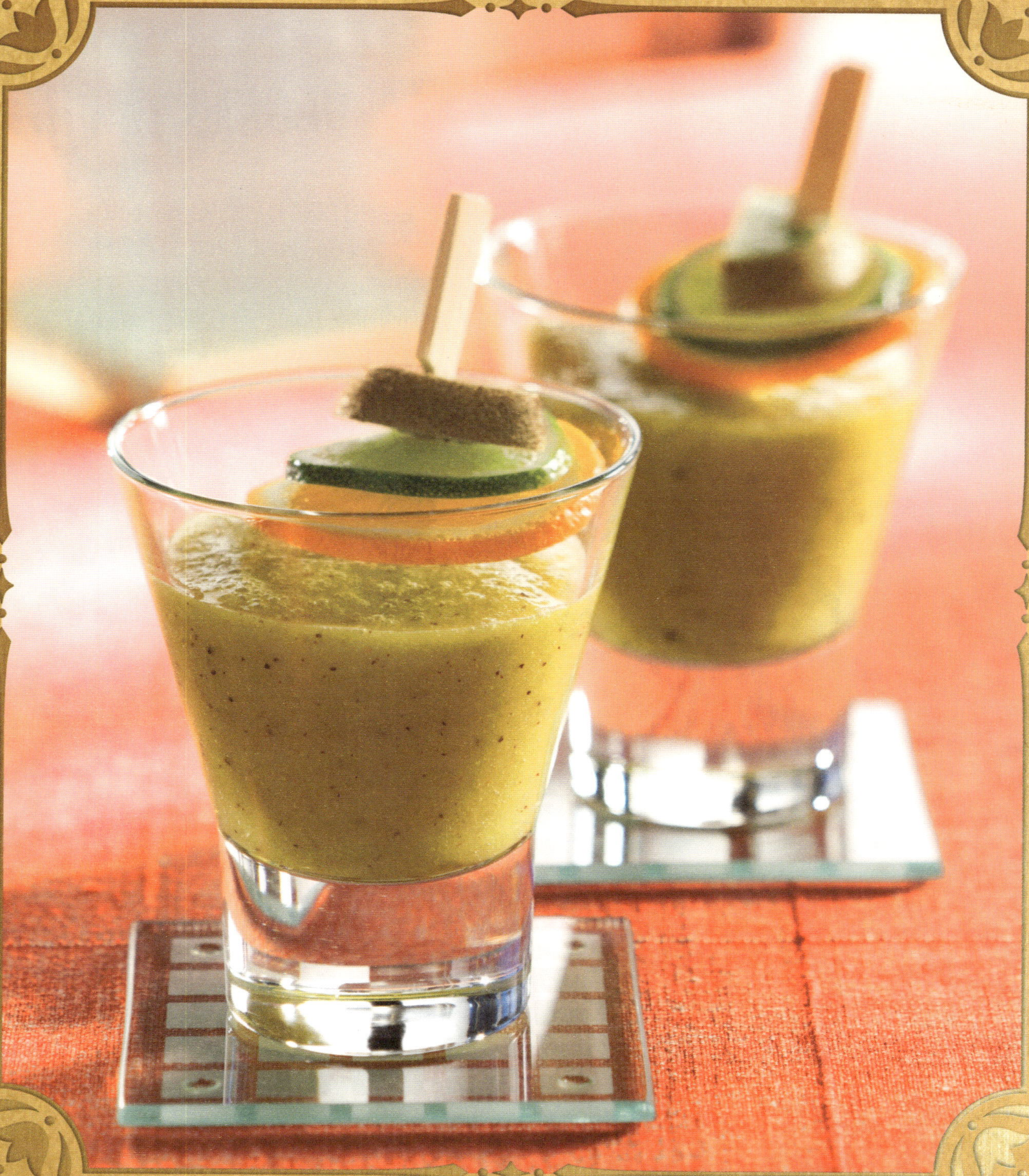

LISTE DER VERBOTENEN GEGENSTÄNDE

Was für einen Muggel ein ganz gewöhnlicher Gegenstand ist, kann für einen Zauberer viele Geheimnisse bergen. In Hogwarts sind so einige Dinge verboten, kreischende Jo-Jos zum Beispiel. So etwas kann einem aber auch den letzten Nerv rauben. Hier findest du ein paar ganz gewöhnliche Dinge. Oder? Zeichne ihre magischen Geheimnisse ein. Deiner Phantasie sind keine Grenzen gesetzt.

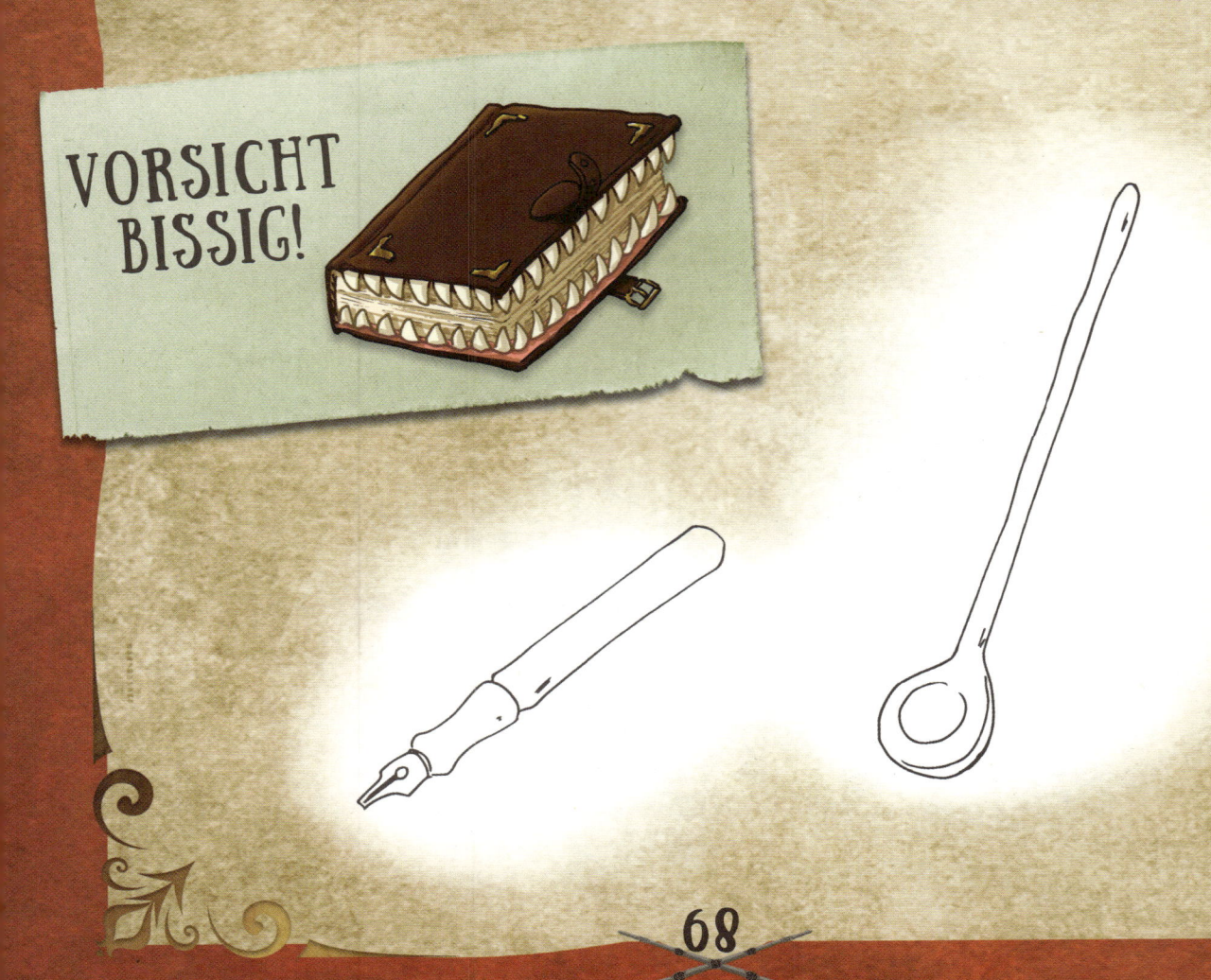

VORSICHT BISSIG!

69

Wasser, Wein und Zaubertrank

Magie ist eine mächtige Kunst. Aber wer sie unbedacht einsetzt, kann nicht ihre ganze Kraft ausschöpfen. Ein kühler Kopf und eine durchdachte Strategie sind von Vorteil. Mit diesem Rätsel kannst du üben, logische Schlüsse zu ziehen und die volle Macht deiner Zauberkraft zu entfalten.

In welcher Flasche ist der Zaubertrank? Du bekommst elf Hinweise!

Hier stehen sieben Flaschen. In einer ist der Zaubertrank, den du finden musst. Eine andere enthält Gift. Eine einen Liebestrank. Zweimal gibt es nur Wasser und zweimal ist in den Flaschen Wein.

Hinweise:

1. Weder der Zwerg noch der Riese sind der Zaubertrank.
2. Die Zwillinge sind unterschiedlich, aber bringen keine Liebe.
3. Links neben einem Zwilling lauert das Gift.
4. Die siebte Flasche enthält weder Wein noch Wasser.
5. In der sechsten Flasche ist gefärbtes Wasser.
6. In der ersten Flasche ist Wein.
7. In einem der Zwillinge ist Wein.
8. Rechts neben dem Gift ist Wein.
9. Das Gift und der Zaubertrank stehen nicht nebeneinander.
10. Der Zaubertrank ist nicht in der zweiten Flasche.
11. Die beiden Wasserflaschen stehen nicht nebeneinander.

Da bewegt sich was!

N

Magische Bilder und Gemälde sind das Zuhause ihrer Bewohner. Die Personen und Tiere bewegen sich nicht nur, sie besuchen sich auch gegenseitig und geben jedem Vorbeilaufenden gut gemeinte Ratschläge. Hier siehst du zwei Muggelfotos von einem Zaubergemälde. Dieses hat sich zwischen den beiden Aufnahmen natürlich ein bisschen verändert. Findest du die 4 Unterschiede?

DER FINALE MAGIE-TEST

Deine Reise neigt sich dem Ende zu. Auf dem Weg hast du vieles gelernt und erlebt und bist zu einer wahren Hexe oder einem wahren Zauberer herangewachsen. Hogwarts wird immer dein Zuhause sein und du wirst niemals vergessen, was es dich gelehrt hat. Nun ist es Zeit für deinen letzten großen Test.

Kannst du alle Fragen richtig beantworten und deine magische Energie auf dem höchsten Level entfalten?

1. Das Schwert von Godric Gryffindor ist …
A. … koboldgearbeitet.
B. … nicht scharf.
C. … leuchtend rot.
D. … unsichtbar.

2. Was zeigt der Wandteppich gegenüber dem Raum der Wünsche?
A. Barnabas den Bekloppten, der versucht, Trollen Ballett beizubringen
B. Ein Einhorn, das mit einem Drachen Tango tanzt
C. Vladimir den Verrückten, der eine Horde Mäuse dressiert
D. Er spiegelt das Gesicht des Betrachters und fügt einen Hut hinzu.

3. WELCHE NOTE IST DIE BESTE IN HOGWARTS?
A. E (Erwartungen übertroffen)
B. T (Troll)
C. O (Ohnegleichen)
D. A (Annehmbar)

4. HAUSELFEN KÖNNEN NUR AUS DER DIENERSCHAFT ENTLASSEN WERDEN, INDEM MAN …
A. … sie offiziell davon freispricht.
B. … sie vor die Tür setzt.
C. … ihnen Kleidung schenkt.
D. … ihnen eine richtige Mahlzeit zubereitet.

5. WIE NENNT MAN JEMANDEN, DER MIT SCHLANGEN SPRECHEN KANN?
A. Schlangenflüsterer
B. Parselmund
C. Serpensortia
D. Zischender

6. WIE KOMMT MAN IN DIE KÜCHE VON HOGWARTS?
A. Man tippt auf den siebten Backstein von links.
B. Man bittet die Hauselfen dort um Einlass.
C. Man legt eine Süßigkeit auf den Boden vor die Tür.
D. Man kitzelt die Birne auf dem Bild davor.

7. WIEVIEL SICKEL SIND EINE GALLEONE?
A. 10
B. 17
C. 100
D. 57

DER STERNFAHRT-ZAUBER

Nun bist du bereit. Deine gebündelte zauberhafte Energie hat ihren Höhepunkt erreicht! Schließe die Augen, konzentriere dich und lass die Magie fließen. Es kann losgehen.

MAGISCHE UTENSILIEN

- 1 Schüssel mit Wasser
- 6 Streichhölzer
- 1 Blatt Papier
- etwas Seife
- etwas Zucker

Jeder gute Zauber erfordert ein wenig Vorbereitung: Rolle das Blatt Papier zu einer engen Rolle zusammen. Dies ist dein Zauberstab. Verziere ihn mit funkelnden Sternen und geheimnisvollen Runen. Oben und unten sollte ein kleines Loch sein. In dieses Loch steckst du auf der oberen Seite etwas Seife, auf der unteren etwas Zucker. Pass auf, dass alles festsitzt.

In die Schüssel mit dem Wasser legst du die Streichhölzer sternförmig hinein. Die beschichteten Köpfchen zeigen in die Mitte. Jetzt ist alles bereit für den Sternfahrt-Zauber.

Halte das obere Ende deines Zauberstabes mit der Seife in die Mitte der Streichhölzer und sprich den Zauberspruch: **Dirime Stella!** Mit deinen magischen Kräften zwingst du die Streichhölzer so nach außen an den Rand der Schüssel.

Drehe dann den Zauberstab unauffällig und halte das untere Ende mit dem Zucker in die Mitte des Wassers. Sprich den Zauberspruch: **Evola Stella!** Deine Magie zieht die Streichhölzer wieder an.

Es ist noch kein Meister vom Himmel gefallen, auch Merlin musste seine Zauber erst üben. Probiere deine Magie also aus, bevor du sie deinen Freunden zeigst. Jede Hexe und jeder Zauberer lernt erst einmal in der Zauberschule.

Magie ist eine Wissenschaft. Dieser Zauber lässt sich auch wissenschaftlich erklären:

Seife verringert die Oberflächenspannung des Wassers vom Zauberstab aus. Dadurch zieht die Spannung am Schüsselrand die Streichhölzer an. Zucker bewirkt das Gegenteil und zieht das Wasser und mit diesem die Streichhölzer wieder an.

Herzlichen Glückwunsch!

Du hast die Magie-Ausbildung abgeschlossen.

Du schwingst den Zauberstab und vollbringst mit deinen magischen Funken die phantastischsten Wunder!

DAS FINALE

Du bist in deine Welt zurückgekehrt. Aber deine Erinnerungen nimmst du bei jedem deiner Schritte und neuen Abenteuer mit. Du besuchst deine alten Freunde und lächelst bei dem Gedanken, wie viel du als Hexe oder Zauberer dazugewonnen hast. Die Magie ist ein Teil von dir und wird es für immer sein. Und du brauchst sie dringend, denn die ganze Welt steckt voller Abenteuer und Kreaturen, die einem das Leben erschweren.

Du und deine Freunde seid auf einem Spaziergang und unterhaltet euch über die Pläne für den Tag. Währenddessen schwelgst du noch glücklich in Gedanken an Hogwarts. Aber plötzlich wirst du traurig. Schlechte Erinnerungen nehmen deine Gedanken ein und auf einmal wird dir eisig kalt. Davon hast du schon einmal gehört …

Du wirbelst herum. Eine große, dunkle Gestalt steht direkt vor dir. Blitzschnell ziehst du deinen Zauberstab. Deine Freunde verstecken sich hinter dir und du kannst ihnen das Leben retten. Du weißt genau, was zu tun ist. Denn du hast auf deiner Reise alle Buchstaben gesammelt und tief in deinem Herzen aufbewahrt.

Du denkst an deine glückliche Zeit in Hogwarts und rufst voller Inbrunst:

__ __ __ __ __ __ __

__ __ __ __ __ __ __ __ !

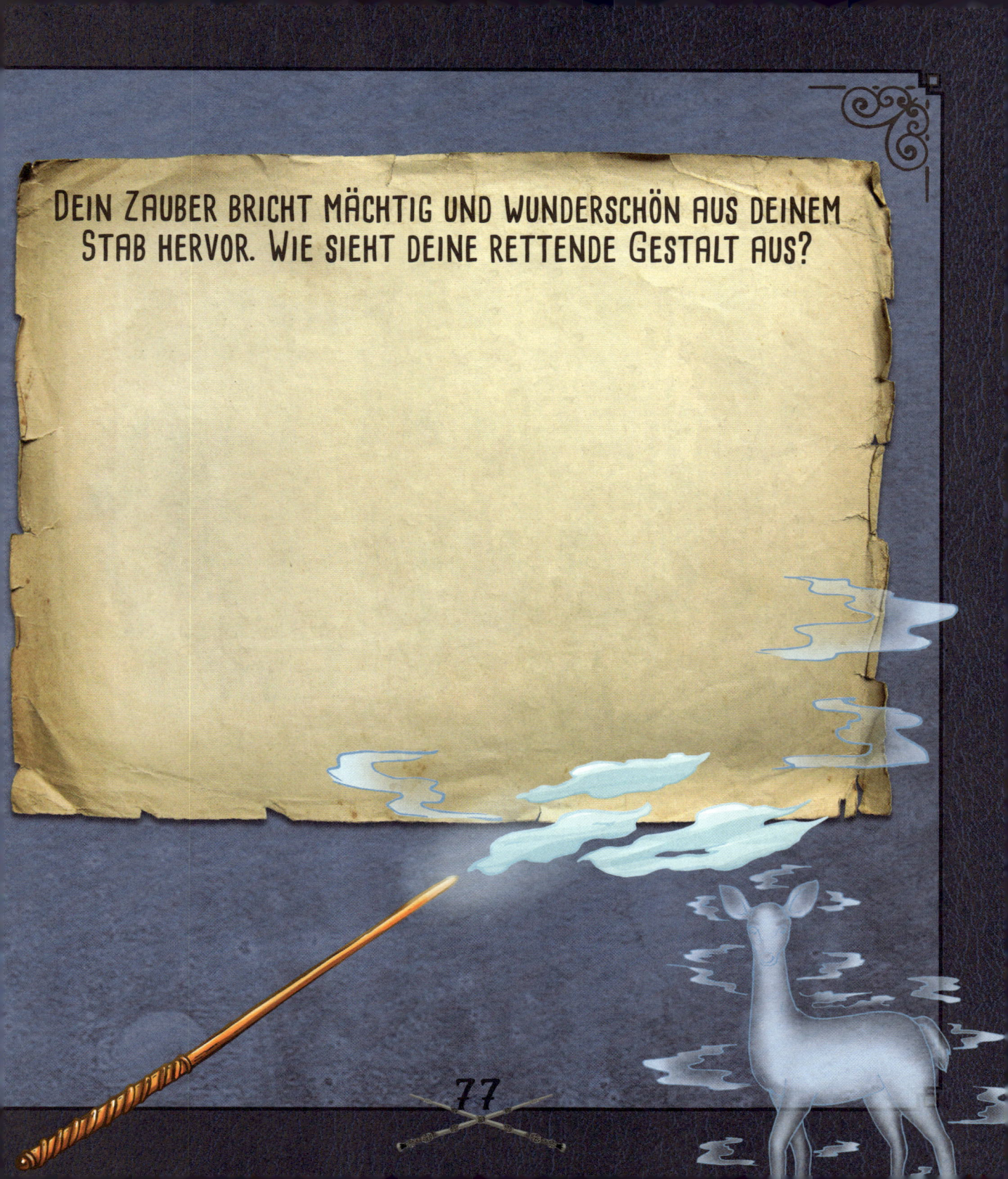

Dein Zauber bricht mächtig und wunderschön aus deinem Stab hervor. Wie sieht deine rettende Gestalt aus?

LÖSUNGEN

Seite 18–19:
1-C; 2-A; 3-A; 4-C;
5-D; 6-A; 7-B

Seite 25:
Gleis D

Seite 28–29:

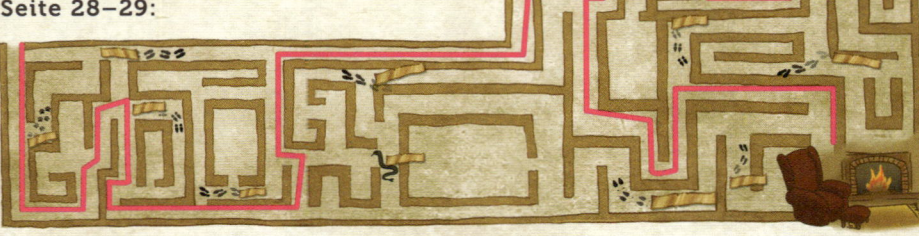

Seite 35:

Seite 36–37:
Banane – Feder; Nadelkissen – Igel;
Stein – Edelstein; Stift – Blume;
Tennisball – Apfel

Seite 40–41:

1) Expelliarmus; 2) Crucio;
3) Lumos; 4) Nox; 5) Stupor;
6) Accio; 7) Alohomora

Seite 55:
LETHRAST – Thestral
GROPIPHIEF – Hippogreif
KRONTIMA – Mantikor

78

LÖSUNGEN

LANKMÜRFLIPREG TRÖKET –
Knallrümpfiger Kröter
RUTANZE – Zentaur

Seite 56-57:

Seite 63:
1-B; 2-A; 3-A; 4-B; 5-C

Seite 64–65:
1 - Quirrel - Turban - Stein der Weisen
2 - Lockhart - Locke - Kaputter Zauberstab
3 - Lupin - Werwolf - Mond
4 - Moody - Auge - Schrankkoffer
5 - Umbridge - Kätzchenteller - Zentauren
6 - Snape - Hirschkuh - Liebe

Seite 70:
1. Wein; 2. Gift; 3. Wein;
4. Wasser; 5. Zaubertrank;
6. Wasser; 7. Liebestrank

Seite 71:

Seite 72–73:
1-A; 2-A; 3-C; 4-C; 5-B; 6-D; 7-B

Seite 76:
EXPECTO PATRONUM. Du und deine Freunde wart so fröhlich, dass ihr einen hungernden Dementor angelockt habt, der sich von Glück ernährt. Aber du hast deine Kräfte unter Beweis gestellt und euch mit dem Zauber verteidigt.

BILDNACHWEIS

Igor Dolinger, www.magicdadoo.com:
S. 6–7, 42–43

Carsten Andres:
S. 16–17

Isabelle Metzen:
S. 58–59

TLC Fotostudio:
S. 15, 67

Klaus Klaussen:
S. 27

Gemma Hastilow:
S. 74

Lisa Oberbörsch:
S. 8 m.r., u.l.; S. 9 o.r., m.; S. 10 unten; S. 12–13 Vignetten; S. 20 m.r., u.l.; S. 21 o.l, u.l.; S. 23 (Vignette Türschild); S. 25 (Gleisrätsel); S. 28–29 (Labyrinth); S. 30 u.; S. 31; S. 36 m.l., u.r.; S. 37 o.l., m.r, u.l.; S. 39 u.r.; S. 45 (Lesezeichen m. & r.); S. 56–57 (Labyrinth); S. 60 u.l.; S. 61–62 (Koffer); S. 65 (Vignetten oben); S. 68 m.l. (Monsterbuch), unten (Ausmalbilder); S. 69 (Ausmalbilder); S. 77 u.l., u.r.

Fotolia.com – Hintergründe, Rahmen & Strukturen:
© Carl: S. 10–11, 14–15 (Sterne), 25, 30–31 (Sterne & Ornamente), 38–39, 41 (Ornamente), 50–51 (Hände), 55, 58–59, 64–65, 70–71, 75 (Ornamente), 76–77, 80; © eleonora_77: S. 1–14, 16–19, 22–26, 28–73, 76–80; © lms_lms: S. 2–5, 8–9, 12–13, 16–19, 22–23, 25–26, 28–30, 40–43, 46–53, 56–57, 60–61, 68–69, 72–73; © KatyaKatya: 1–5, 8–9, 12–23, 26–37, 40–54, 56–57, 60–63, 66–69, 72–75, 78–79; © merion_merion: S. 46; © Naturestock: S. 1, 4–5, 12–13, 28–29, 34–35, 50–51, 56, 68, 78–79; © noppadon: S. 16, 40, 46, 60–62; © plus69: S. 6–7, 10–11, 14–15, 22–27, 30–33, 36–9, 42–45, 55, 58–59, 64–65, 70–72, 76–77, 80; © scenery1: 14–15, 22–23, 26–27, 32–33, 44–45, 54, 66–67; © seksan1: S. 1, 34–35, 62–63; 78–79

Fotolia.com – Siegel:
© Andrey Kuzmin: S. 1–3, 6, 19, 36, 40, 42, 47, 64, 72, 74; © electriceye: S. 25, 27, 60; © macondos: S. 21

Fotolia.com – Foto- & Bildrahmen, Pergamente:
© Andrey Kuzmin: S. 1, 8, 10, 14, 16, 20, 23, 25–26, 36, 40, 64–65, 70, 74–75; © dehweh: S. 8–9, 17, 20–21; © denys_kuvaiev: S. 11, 18, 39, 47–48, 63–64, 72, 74–75, 77; © Jack F.: S. 16, 22, 59 (Bilderrahmen); © maratta1: S. 7, 71, 79; © picsfive: S. 4–6, 10–11, 18–19, 25, 28, 33, 36–37, 39, 40, 42, 44, 48–49. 55, 60, 63, 65, 68, 71–73, 75–76; © vlntn: S. 10, 49

Fotolia.com – Bilder & Freisteller:
© a7880ss: S. 2, 22 u.r., 45, 56 u.l., S. 57 u.r.; © Antracit: S. 51 (Schlange); © artbalitskiy: S. 3, 6, 14, 17–19, 40, 45, 48, 55–61, 63–66, 68–77 (Zauberstäbe); © audrey_bergy: S. 2, 4–6, 8–14, 16–21 (Pagina Besen); © Серафима Манекина: S. 51 (Löwe & Dachs); © fotorath: S. 22 u.l.; © Iradaik: S. 30 l.o., 31, 70; © jozefklopacka: S. 71, 79; © Julija: S. 1, 2, 21–22, 27, 45, 47, 58–59 (Eulen); © Kajenna: S. 51 (Adler); © mrswilkins: S. 28–29, 55, 56–57, 63, 66 (Fußabdrücke); © naraK0rn: S. 3, 31, 33, 34–45, 47 (Pagina Buch); © Nina: S. 2, 3, 6, 14, 16, 22, 25, 34, 38–39, 43, 45, 48, 50–51, 66; © nusfish: S. 22 u.r.; © Patrick Meider: S. 34; © sliplee: S. 38; ©vectortwins: S. 3, 31, 33–45, 47, 49–53 (Pagina Wappen); © vectorpocket: S. 35, 78; © zephyr_p: S. 3, 9, 19, 40, 73